KB276093

마음이 다시 살아나는 순간들

마음이 다시 살아나는 순간들

들어가며

그런 날 있잖아요.

날씨 좋은 어느 날 밖으로 나가서 따뜻한 햇빛, 살랑이는 바람, 파란 하늘과 함께 벤치에 앉아 지나다니는 사람들과 강아지 보며 커피 한잔하고 싶은 날.

쏟아지는 비도 흠뻑 맞아보고, 아무도 밟지 않은 하얀 눈길을 걸어보고 싶은 날.

술 한잔 진하게 마시고 취해서 내 옆의 그 사람과 마음 열어놓고 얘기하고 싶은 날.

이유 없이 외롭다고 느낄 때, 누군가와 전화하며 수다 떨고 싶은 날.

아무도 모르게 나를 위해 무언가 선물하고 싶은 날.

밤하늘 별을 볼 수 있는 곳에 앉아 하염없이 별빛에 빠져들고 싶은 날.

그냥 무작정 어디로든 떠나고 싶었던 날.

그런 날, 마음이 다시 살아나는 순간들.

그 순간들을 그리며 이 책을 펼치길 바랍니다.

그것만으로도 이미 당신은 다른 삶, 다른 생각, 다른 이야기를 할 수 있는 특별한 사람이 되어 갈 테니까요.

마음으로 무엇이든 그려보는 일은 누구라도 할 수 있어요.

동시에 누구와도 다른, 오직 나만의 것으로 누릴 수 있는 행복한 특권임을 잊지 마세요.

당신의 모든 날, 모든 순간을 응원합니다.

차례

2장　무너져도 괜찮다는 말
상처, 상실, 이별 그리고 회복의 시간

3장 내가 나에게로 돌아오는 중
내 마음을 이해하고 지켜내는 방법들

4장 천천히 단단해지는 마음
성장, 기준, 태도에 대한 조용한 질문들

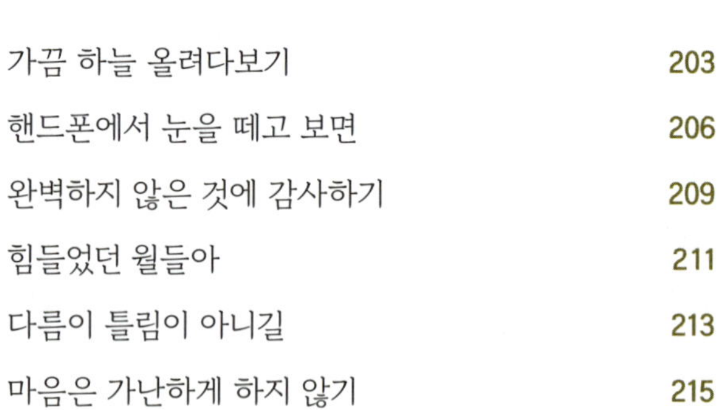

1장

마음이 머무는 자리에서

사랑, 관계, 그리고 일상에서 피어나는 온기

어릴 적 나는 어떤 꿈을 꾸었을까.

기억은 희미하고 바라져 버렸지만, 분명 가슴을 두근거리게 하던 무언가가 있었다. 그런데 지금 나는 어떻게 살고 있는 걸까. 꿈이 있긴 한 걸까 아니면 그냥 흘러가는 대로 하루를 버티고 있는 걸까.

뭐, 어때.

그렇게 묻다가도 결국 마음 한쪽에서 속삭인다. 그래도, 꿈은 있어야 하지 않을까.

사실 그 대답은 이미 마음속에 있다.

그래. **그래도 꿈은 있어야 한다. 아니, '반드시' 있어야**

한다.

어릴 때처럼 무모해 보여도 괜찮다. 아무 계산 없이 '좋으니까' 시작했던 그 마음이면 충분하다. 꿈은 반드시 대단할 필요도, 세상을 놀라게 할 필요도 없다. 단지 내 삶을 앞으로 움직이게 하고, 내 하루를 조금 더 뜨겁게 살아가게 한다면 그 자체로 이유가 된다.

그저 좋으니까 바라던 희망의 꿈. 그런 꿈 하나쯤 꾸어보면 안 될까. 세상이 뭐라 해도, 늦었다고 말해도, 오늘부터 다시 그 꿈을 품으면 되는 거 아닐까.

그러니 주저하지 않으려 한다.

바쁘다는 핑계로, 이미 늦었다는 이유로, 혹은 현실이 무겁다는 변명으로 내 마음을 묶어두지 말자. 꿈은 여전히 내 안에 있다. 내가 불러내기만 하면 다시 뛰기 시작할 준비가 되어 있다.

오늘 다시, 내 꿈을 세우자. 그리고 흔들려도 끝내 놓지 말자. 그것이 나를 단단하게 만들고, 끝내 나답게 살아가게 할 것이다.

돈 내지 않아도 되는 자유와 희망,

그래도,

꿈.

돈 내지 않아도 되는 자유와 희망,

사랑을 배우면 아프지 않을까

너를 봤을 때 나의 이상형이 다르다는 걸 알았어.

너와 대화를 하면서 나는 말 못 하는 못생긴 인형이라는 걸 느꼈고, 너와 만날 때면 난 좀 모자라고 멋없는 사람이라는 것도 알게 됐어.

너와 헤어질 때는 질척이는 바보라는 걸 알았고,

너와 이별할 때쯤엔 바뀐 것도 없고, 배운 것도 없는 이기적인 사람이었지.

가슴이 하는 사랑이라지만, 사랑에도 태도가 있다는 걸 배웠어.

아파봐야 아는 고통과 경험해 봐야 알 수 있는 상실감은
이제 느끼고 싶지 않아.

모자란 지식은 배우면 되지만, 이별의 슬픔은 배우는 게
아니더라.

너를 다시 만난다면 아프지 않은 사랑을 할 수 있을까?

"뭐 좋은 일 있나봐?"

회사 동료 또는 친구가 놀리듯 묻던 적이 있다.

나도 모르게 웃고 있던 이유는, 사실 단순했다. 네 얼굴이 떠올랐기 때문이다.

처음엔 그냥 궁금했다.

너는 무슨 음악을 들을까, 어떤 음식을 좋아할까, 주말에는 뭘 하고 보낼까. 그저 단순한 궁금증일 뿐이라고 생각했다. 그런데 그 작은 호기심이 자꾸 자꾸 자라나더니 어느새 하루의 대부분을 차지해버렸다. 너의 얼굴이 온종일 생각나고 너의 말들이 계속 주위를 맴돌았다.

회사에서 일하다가도, 문득 네가 떠올라서 키보드 위 손가락이 멈출 때가 있었다. 회의 중에 나온 농담 하나에, '아, 너도 들었으면 좋아했을 텐데'라는 생각이 스쳐 지나갔다. 지하철에서 우연히 들은 노래 가사가 괜히 네 얘기 같았고, 퇴근길에 버스 창가에 비친 내 모습조차, 네가 본다면 어떤 표정일까를 상상하게 됐다.

처음엔 참아보려고 했다. '괜히 연락해서 귀찮게 하면 어쩌지?' '나만 이런 거면 어떡하지?' 스스로 다독이며 마음을 접어보려 했다.

나는 스토커가 아니잖아!

그런데 결국은 마음이 말을 안 듣더라. 너의 웃는 얼굴이 떠오르면, 그날은 괜히 하루가 가볍게 느껴졌고, 네가 힘들어했다는 얘기를 들으면 내가 더 속상했다.

그때부터 상상이 시작됐다. 만약 네가 내 연인이 된다면? 퇴근길에 같이 걸으며 아이스크림 하나 나눠 먹을 수 있을까.

주말엔 어디로 여행을 가고, 네가 좋아한다는 바닷가에서 사진도 찍을 수 있을까. 네가 피곤하다면 나는 어떤 말을 해줄 수 있을까. 내가 네 옆에 있다면, 넌 조금은 덜 힘들까.
　비 오는 날이면 네 쪽으로 우산을 기울이며, "난 괜찮아, 너만 안 젖으면 돼" 하고 웃을 수 있을까.

　작은 상상들이 이어질 때마다 괜히 심장이 쿵쿵 뛰었고, 하루가 특별해졌다.

　사랑은 이렇게 오는구나 싶었다.
　대단한 이벤트도, 영화 같은 순간도 없었다. 그저 네가 생각나서 잠시 미소 짓게 되는 일들, 네가 좋아할 것 같은 걸 찾아보는 작은 노력들, 네가 내 옆에 있으면 좋겠다는 단순한 바람들이 모여서 어느새 사랑이 되어 있었다.

　사랑은 그렇게 스며들었다.
　너를 좋아하기 시작한 이후로, 나는 더 열심히 살아야겠다는 마음이 들었다. 출근할 때 그냥 대충 입던 셔츠를 다림질하고, 바쁜 하루 속에서도 운동을 조금씩 하며 건강을 신경 쓰기 시작했다. 회사에서의 일도 더 책임감 있게 하게 되었고, 나 자신을 가꾸려는 노력도 자연스레 따라왔다. 너에게 부끄럽지 않은 사람이 되고 싶다는 마음이 나를 움직였다. 그렇게 너를 향한 애정은 단순한 감정이 아니라, 삶의 태도와 방향까지 바꾸는 원동력이 되었다.

어쩌면 사랑이란 그런 것일지 모른다.
한 사람을 바라보는 마음에서 출발하지만, 결국 그 마음은 나의 삶 전체를 변화시키는 힘이 된다.
누군가를 좋아한다는 건 결국 그 사람을 통해 내가 더 나은 나로 자라가는 과정이 아닐까.

주변 사람들은 쉽게 말한다. "사랑은 그냥 자연스럽게 하면 돼."
하지만 내 마음은 달랐다. 너를 좋아한다는 건, 나 혼자만의 감정이 아니라 나의 태도를 바꾸는 일이었다. 네 앞에 서면 괜히 더 바른 사람이 되고 싶었고, 네가 웃을 수 있도록 더 좋은 이야기를 준비하는 내가 되고 싶었다.

물론 두려움도 있었다.
이 마음이 나만의 착각일까 봐, 혹은 네가 내 마음이 부담스러워 어디론가 떠나갈까 봐 겁이 났다. 하지만 어느 순간 깨달았다. 결과가 어떻든, 이미 나는 네 덕분에 나도 모르게 더 괜찮은 사람이 되어가고 있었다.

사랑은 꼭 대단한 이벤트에서 시작되는 게 아니었다. 거창한 고백이나 영화 같은 장면이 필요하지도 않았다. **그저 네가 떠올라서 웃음 짓게 되는 순간, 네가 힘들까 봐 마음이 쓰이는 순간, 그 작은 순간들이 모여 '사랑'이 되어 있었다.**

그러니까 내 사랑은 그렇게 시작된 거다.

그냥 네가 궁금했던 마음에서, 참아보려 했지만 참아지지 않았던 그리움에서, 결국은 상상 속에서 수없이 너를 만나던 날들에서.

그리고 나는 아직도, 네가 웃는 모습을 한 번 더 보고 싶어 이렇게 하루를 살아간다.
아마 이게 사랑의 가장 순수한 모양이 아닐까.

마음을 옷처럼 갈아입을 수 있을까

사랑은 늘 마음을 흔든다. 어떤 순간에는 따뜻한 햇볕처럼 부드럽게 감싸고, 또 다른 순간에는 날카로운 바람처럼 가슴을 스친다. 우리는 만남과 이별을 반복하며, 그때마다 다른 색깔의 감정을 입는다. 마음을 마치 옷을 갈아입듯이 쉽게 벗어버리고, 새로운 옷을 입듯이 쉽게 변화시킬 수 있었다면 좋았을까. 어땠을까.

사랑할 때의 설렘은 마치 새 옷을 처음 입었을 때와 닮았다. 거울 속 나 자신이 조금 더 빛나 보이고, 낯설지만 자신감도 넘치고 신선하게 다가온다. 그 옷이 내게 잘 어울리는지, 혹은 남들이 어떻게 볼지는 크게 중요하지 않다. 중요한 건, 그 순간 내 마음이 벅차오른다는 사실이다. 그러나 이별은 다르다. 사랑을 벗어낸다는 건, 오래 입던 옷을 함부로 버리는 일과 비슷하다. 몸에 배어 있던 향기, 팔꿈치가 닳아진 자리, 주머니 속 깊숙이 남아 있던 작은 쪽지까지… 모든 게 기억이라 쉽게 버려지지 않는다. 옷걸이에 걸어두어도, 서랍 속에 접어 넣어도, 눈길과 마음이 자꾸 그곳으로 향한다.

만약 이별의 아픔을 옷처럼 단숨에 벗어 던질 수 있다면 우리는 훨씬 가벼워질까. 하지만 생각해 보면, 그 아픔마저도 나라는 사람을 완성하는 한 조각이다. 너무 쉽게 갈아입고 벗을 수 있는 사랑이라면, 어쩌면 우리는 사랑의 진짜 무게를 알지 못한 채 살아갈지도 모른다.

사랑이 주는 기쁨과 이별이 남긴 상처는, 서로의 빛과 그림자처럼 함께 존재한다. 애달프고 초조한 마음, 간절히 붙잡고 싶은 그 순간들이야말로 우리가 살아 있음을 증명한다.

옷처럼 갈아입을 수 없는 마음이기에, 우리는 그만큼 더 깊이 사랑하고, 더 오래 기억한다. 다만 계절에 따라 옷의

무게만 달라질 뿐.

어쩌면 그래서 사랑은 아프고, 동시에 아름다운 것일지도
모른다.

사막에도 삶은 있다

메마른 사막에서도 삶은 이어진다.

눈앞이 아득하게 흔들리는 메마른 풍경, 한 치 앞도 보이지 않는 강력한 모래폭풍과 낮과 밤의 온도 차. 누구도 버틸 수 없을 것 같은 사막에서도 도마뱀은 모래 속에 숨어 움직임을 덜 하고, 풀 한 포기는 뿌리 깊이 물을 저장해 가뭄을 버틴다. 그 작은 생명들은 사막을 피하지 않는다. 대신 맞서며 자신만의 방법으로 살아남는다. 그 속에서 살아남기 위한 자신만의 방법을 오래도록 다듬어 왔다.

우리의 삶도 이와 다르지 않다. 누구에게나 끝이 보이지 않는 사막 같은 시간이 있다. 끝없이 이어지는 고단한 날들,

아무리 두드려도 열리지 않는 문들, 도무지 이유를 알 수 없는 고독과 무력감. 그때마다 우리는 흔히 '이제는 끝이다'라고 생각한다. 의욕이 말라붙고, 희망조차 모래처럼 흩날리는 날들. 그러나 그 순간에도 버틸 힘은 내 안에 있다. 중요한 건 환경이 아니라, 그 안에서 내가 찾아낸 나만의 방어책이다.

사막의 생명들이 단 한 번의 단비를 기다리며 하루하루를 버티듯, 나도 내 안의 단단함으로 이 시간을 지나간다. 언젠가 내릴 거라는 그 한 번의 단비를 기다리며, 그것은 다시 꽃을 피우게 할 것이니까. **사막을 벗어나 살아갈 날이 올 것이니까.**

꽃과 달 보기

너는 꽃처럼 아름답고 이쁜 색이었고

너는 달처럼 포근하고 밝은 사람이었어.

너는 꽃만큼 제각각의 멋을 알았고

너는 달처럼 다양한 모습으로 옆에 있었지.

너를 생각하고 떠올리면 **너는 꽃이었고 달이었어.**

지금도 나는 거리의 꽃을 보고 행복해하고, 가끔 하늘을 올려다보며 어둠 속의 달을 바라봐. 그것만으로도 충분히 나는 괜찮아.

일곱 색깔 무지개는 하늘에 있어 만질 수 없지만

일곱 빛깔 꽃들은 땅에서 자라 만질 수 있었고,
밝은 하늘의 태양은 눈이 부셔 바라볼 수 없었지만
어둠 속의 밝은 달은 나만 볼 수 있는 것 같아 좋았어.

나는 그래서 꽃과 달을 보며 살아.
꽃이 피고 있음에 감사하고, 달이 뜨고 있어서 좋았어. 그
것만으로도 충분히 나는 괜찮아.

너는 화려하게 남기 위해 모든 걸 다 바쳐서 강렬했고
너는 항상 같이 있는 것처럼 내 주위의 모든 것에 너를 남
겼어.
고맙고 고생했고 미안해.

너에게 나는 꽃이었을까 달이었을까, 어쩌면 아무것도 아
니었을까.

나는 너에게
네가 아름답게 필 수 있도록 태양이고 싶었고
네가 외롭지 않도록 달에 흐르는 강이고 싶었어.

가끔 살짝 태양을 봐주기를 바랐고,

가끔 찾아와 바라봐 주는 강이었기를 바랐는데…

네가 지금 어떻게 지내고 있는지 모르겠어.

바라보기 힘든 태양이 되고 싶었던 내 욕심 때문에 아직도 힘들어할지,

흘러가는 강물이라 찾아올 수 없었는지…

그냥 네 옆에 항상 같이 있는 그림자라도, 작은 풀이라도 되었으면 좋았을 텐데….

기대하지 않기

나는 너에게 기대를 했고
너는 나에게 기대려 했고

기대하기보다 응원하고, 힘이 되어 줬으면 좋았을 것을
그저 옆에서 잔뜩 기대하는 어린 애처럼 보였을 테니 너는
도대체 얼마나 많은 부담을 안고
힘들었을까? 내색 없이….

네가 가끔은 어려운 일들에 휩싸이고, 때로는 해결 방법
을 모를 때가 있었지.
혼자 해결하길 바랐던 내 마음을 이해해 줄 수 있었을까.

너를 도와주기 싫어서가 아니라는걸.

그저 혼자 해결해 나가는 너를 기대했던 거지.

생각해 보면 내가 많이 이기적이었던 것 같아 지금도 뒤늦은 후회를 하고 있어

너는 나를 기대하지 않고 잠시 기대려 했을 뿐이었는데….

같이 공유하고 생각하고 고민해 주었으면 했을 뿐이었는데….

아버지, 어머니, 그리고 너

아버지.

힘든데 내색 없이 평온한 모습으로, 아프셔도 혼자 묵묵
히 계실 뿐이지.

나이 들어 아이가 되어 평소 하지 않던 투정이 심해져도

어떻게 그 많은 몸의 병을 참아내시는지

깊이를 모를 그 마음에 눈물이 난다.

어머니.

바쁘고 정신없어도 우리 생각에, 당신보다 항상 우릴 먼저
로 살아오셨지.

나이 들어 정신이 흐릿해지실 때도

우리 걱정에 한순간도 마음 쉴 날이 없으셨을 테니
단 한 번이라도 당신을 위한 시간은 있었는지 가슴이 아프다.

그리고, 너.
힘들다 말하고, 아프다 말하고, 투정도 많았지.
가끔은 이기적이고, 내 생각은 없었던 적도 있었지.
그런데 너를 생각하면 왜 눈물이 나고 가슴이 아플까?

사람의 판단에 거리 두기

우리는 주변 사람들을 늘 판단한다.

어떤 이는 이유 없이 좋기도, 싫기도 하고,

어떤 이는 누군가가 전해준 이야기에 따라 평가되며,

또 어떤 이는 그가 처한 상황 속에서 하는 말과 행동,

때로는 대처하는 방식과 성격으로 판단되기도 한다.

사람을 판단하는 것은 자연스러운 일이고, 잘못된 것도
아니다.

다만, 다른 누군가의 이야기만 듣고 한 사람을 단정 짓는
일은 때때로 큰 오해를 부르고,

어쩌면 내 곁에 둘도 없는 소중한 이를 잃게 만들 수도

있다.

그 '누군가'의 이야기는 보통 친한 친구, 동료, 이웃, 가족
일 때가 많다.
우리는 늘 가까이서 자주 마주치는 그들의 말을 신뢰하며,
그 이야기의 테두리 안에서 생각하게 된다.

하지만 그 말을 하는 사람은
그 대상과 과거에 오해가 있거나,
신세를 갚지 못한 마음이 있거나,
그 사람에게서 무엇인가를 지키려는 마음이 있거나,
또는 단순히 누군가에게 전해 듣고 와전된 이야기일 수도
있다.

그래서 우리는 조금 더 조심스럽게,
내가 듣는 이야기와 나의 판단 사이에
조금의 거리를 두어야 한다.

사람을 온전히 이해한다는 것은

그 사람의 말뿐 아니라,

그 사람을 둘러싼 이야기의 조각들까지도

마음 깊이 들여다보는 일일 테니까.

버스 타고 지하철 타고

차를 몰고 다니면 알 수 없는 풍경들이 있다.

버스에 오르고, 지하철 손잡이를 잡아보아야 알게 되는 일들.

우리가 살아가는 도시의 하루가 얼마나 복잡하고, 동시에 얼마나 소중하게 이어지고 있는지, 교통이라는 흐름 속에 들어가야 비로소 느낄 수 있다.

버스 정류장은 작은 사회다.

학교 가는 학생들, 출근하는 직장인들, 장바구니를 든 어르신들, 잠시 휴식을 위해 이동하는 이들까지, 모두 같은 방향을 기다린다. 서로의 이름도, 삶의 사정도 모르는 사람들이지만, 정해진 시간표와 도착 알림을 함께 주시한다. 비가 내리면 더 가까이 모여서고, 햇볕이 강하면 작은 그늘을 나눠 선다. 아무 말 없이도 함께 기다리고 함께 움직인다.

지하철은 도시의 심장을 닮았다고 한다.

규칙적인 박동처럼 열차가 도착하고, 수많은 사람이 타고 내린다. 한 칸 안에서는 수십 개의 삶이 스쳐간다. 피곤에 지쳐 눈을 감은 사람, 이어폰으로 세상을 차단한 사람, 책을 읽으며 잠시 다른 세계에 빠진 사람. 그리고 누군가는 휴대전화 속의 문자 하나에 웃고, 누군가는 답장 없는 메시지를 몇 번이고 확인한다. 이 짧은 여정 속에서도 우리는 서로 다른 삶의 단편을 엿본다.

대중교통은 단순히 이동의 도구만이 아니다.

그것은 시간을 지키는 약속이고, 도시를 바라보는 창이며, 내가 사회의 일원이라는 감각을 다시 확인하게 해주는 통로다. 차를 타고 홀로 움직일 때는 몰랐던 것들. **함께 서서 기다리고, 같은 공간을 나누며, 작은 불편을 감수하는 그 과정에서 '우리는 함께 살아가고 있다'는 사실을 깨닫**

는다.

비 오는 날,

버스 창문에 맺힌 빗방울 사이로 스치는 도시의 불빛들은 새로운 다른 얼굴을 보여준다.

바람이 거세게 불 때는,

사람들이 서로 어깨를 좁히며 버스에 오르는 작은 배려가 온기를 전한다.

눈 오는 겨울날,

버스, 지하철 계단에서 미끄러지지 않으려 서로 잡아주는 모습을 보면 혼자만 살아가지 않는 따뜻한 세상일지도 모른다는 뭉클함도 느낀다.

이렇게 대중교통은 날씨를 통해 우리에게 또 다른 모습으로 스며든다.

도시의 계절과 다양한 사건과 사고가 가장 먼저 드러나는 곳 역시 버스와 지하철이다.

언젠가 한 번은, 버스 안에서 울고 있는 아이를 달래는 조금은 어려 보이는 아이 엄마를 본 적이 있다. 모두가 피곤한 저녁 시간이었지만, 몇몇 승객이 아이를 향해 일부러 웃어주었다. 어떤 이는 "괜찮아요" 하고 작은 위로를 건네기도 했다. 그 순간, 낯선 공간은 잠시 따뜻한 울타리가 되었다. 이런 일은 차를 몰고는 절대 알 수 없는, 버스와 지하철에서만 경험할 수 있는 장면이다.

교통은 나를 단련시키기도 한다.
시간을 맞추기 위해 서둘러야 하고, 놓쳤을 때의 아쉬움을 감수해야 한다. 기다림의 불편은 인내를 배우게 하고, 예기치 못한 지연은 삶이 내 마음대로 흘러가지 않는다는 사실을 새삼 느끼게 한다. 하지만 동시에, 정해진 노선을 따라 멈추고 달리는 버스와 지하철은 묵묵히 우리에게 말한다. "끝까지 가다 보면 도착한다." 그것은 어쩌면 인생을 닮은 가장 단순한 가르침일지도 모른다.

교통은 우리 삶의 작은 기록이다.
매일 타고 내리는 반복 속에서 우리는 새로운 하루를 살아낸다. 같은 자리에서 지하철을 기다리던 누군가는 어느 날 더 이상 나타나지 않을 수도 있고, 낯설던 얼굴이 어느 순간 익숙해져 작은 안부 같은 존재가 되기도 한다. 그 안에 나도 있다.

그래서 대중교통은 단순한 이동 수단만이 아닐 수 있다. 그것은 도시가 살아 숨 쉬는 방식이며, 우리가 함께 살아가고 있다는 증거다. 나 혼자만의 삶에 갇히지 않고, 타인과 어깨를 스치며, 불편을 나누며, 작은 장면 속에서 따뜻함을 발견하는 일. 그것이야말로 대중교통이 알려주는, 버스와 지하철이 우리에게 남겨주는 가장 값진 선물일 것이다.

차가 있든 없든 가끔은 대중교통 안에서 같이 움직여 보는 것도 괜찮을 거 같다.

내가 제철 음식을 먹는 이유

제철 음식은 일부러 챙겨 먹어.

쉬는 날, 네가 졸라서 장을 봤던 때가 생각나.

별거 아닌 그 순간이 데이트였고 즐거움이었고 행복이었어.

그냥 밖에서 편하게 사 먹자고 투덜대던 나를 보며 서운해 했던 네 모습이 생각나고, 음식을 만들 때마다 맛의 취향이 사소하게 달랐던 일도 생각이 나.

그런 모든 순간이 경험이고 추억이고 그리움이라는 걸 너무 늦게 알아버린 나는 다시는 투덜대거나 짜증을 내는 일은 없을 거라고 다짐하곤 해.

대단한 것도 아니었잖아.

봄이면 달래와 냉이를 사서 무치고 끓이고, 딸기를 먹어.

여름이면 옥수수와 감자를 찌고, 수박과 복숭아를 먹어.

가을이 되면 게와 새우 그리고 전복을 사고, 사과를 먹지.

겨울 되면 붕어빵과 고구마를 호호 불고, 귤을 먹어.

모든 게 너와 함께 먹던 음식들이야.

일부러 너를 생각하려고 하지 않아도 새로운 계절이 되면 항상 시장에 나와 있더라. 그래서 어쩔 수 없이 다시 너를 생각하게 돼. 서툰 음식 솜씨에도 맛있다며 잘 먹었었잖아. 그 모습이 자꾸 떠올라 그립고 아프지만, 그래도 제철 음식은 일부러 챙겨 먹어.

그렇게 나는 잘 먹고 건강히 잘 지내고 있어. 너무 걱정하지 않아도 돼.

음식 솜씨도 많이 늘었고, 장을 보러 가는 일도 익숙해졌어.

집에서 김치도 담그고, 어려운 요리도 이제는 할 수 있어.

그래서, 고마워.

이젠 그 순간들을 너와 나눌 순 없지만, 그래도 계절이
바뀌면 변함없이 마주하는 제철 음식 덕분에 난 조금씩 괜
찮아지고 있어.

나와 같다면 이렇게 하기를

울고 싶을 때가 있다면 펑펑 울기를 바라.
눈물을 참았는데 가슴에 병이 생기더라.

보고 싶을 때는 언제든 연락해도 되.
볼 수 있음에 감사하다는 것을 너무 늦게 알았어.

마음에 상처받았다면 치료법을 찾아야 해
낫지도 않은 상처가 남았는데 어떻게 나를 안아주겠니?

이별이 온다면 담담한 척하지 않기를 바라.
세상 모든 슬픔이 나에게 있는데 아프지 않다는 게 말이 되니?

나처럼 깊은 슬픔에 아픔이 남아 있다면

나를 욕하고 탓하면서 너를 지켜나가길 바라.

이미 나는 너보다 훨씬 아주 단단해져 있을 테니까.

더하지만 말고 빼기도 하기

살다 보면 더하면 좋을 것들이 대부분이다. 더하기 위해 산다고 해도 잘못된 말은 아닌 거 같다. 하지만 **살면서 꼭 더하지 않아도 될 것들이 있다.**

저마다의 가치관이 다르겠지만 적어도 이런 것들은 더하지 않아야 조금 더 행복해질 수 있다.

가장 중요하게 생각하는 첫 번째는 바로 말이다

말은 더하면 더할수록 손해를 본다. 하지 않아도 될 말들과 하면 안 될 말들을 하게 된다.

의도하지 않은 말의 실수는 한 번 뱉어내면 다시 주워 담을 수 없다.

말을 많이 하는 사람과는 그 누구도 같이하고 싶어하지 않는다. 재치있고 기분 좋게 말할 수 있는 자신이 없다면 말 조심 하자.

두 번째는 화다.

화를 조절하기란 대단히 힘든 자신과 싸움일 수 있다.

결과를 두고 보면 화를 자주 내는 사람 또한 주변에는 사람이 없다. 감정 기복이 심하고 조절할 수 없는 사람이라면 거리를 두고 지내는 게 좋을 수 있다. 화를 내면 주위 분위기가 안 좋을 뿐이고, 자신에게도 안 좋은 결과만 초래할 것이다. 병난다.

세 번째는 희생이다.

여러 가지 희생의 의미가 있겠지만, 내가 말하고 싶은 빼야 할 희생이란 지나친 배려이다.

배려라는 건 상대방의 입장이 되어 양보하고 생각해 주는 것이다. 상대방이 감사함을 느낄 수 있어야 한다. 인간관계에서 매우 중요한 덕목이다. 그러나 지나친 배려는 오히려 상대방이 부담을 느끼고 거북해 할 수 있다. 지나친 배려는 자신의 희생이 따른다. 희생이 있는 배려를 바라는 사람은 없다. 너무 완벽해지려고 하지 말자. 지나친 배려가 오히려 나는 물론 상대방에게도 독이 될 수 있다.

네 번째는 TV, 핸드폰이다.

빼야 할 것들이 많겠지만, 가장 유혹이 강한 것들이다.

수많은 방송 채널과 OTT, 유튜브 채널이 생기고 있다. 봐야 할 것들이 너무 많다.

사람들과 대화를 하기 위해 가장 필요한 다양한 정보들이 전부 TV와 핸드폰에서 나온다. 안 볼 수는 없다. 그래서 쇼츠나 영상을 통해 필요한 정보들을 얻기도 한다. 거기까지다. 딱 거기까지만 해야 한다. 지나친 시청은 중독성을 가지고 있으며, 서서히 나를 죽이게 될 것이다.

몸의 게으름을 익숙하게 할 것이며, 정신의 단순함을 유지하게 할 것이다.

마지막 다섯 번째는 살이다.

많은 사람들 살을 빼기 위해 노력한다. 그러니까 하자.

살이 찌기 시작하면 건강도 문제이지만, 타인과의 교류에도 문제가 생길뿐더러 아마도 스스로 안 좋다는 걸 느낄 것이다. 뺄 수 있는 살을 안 뺀다는 건 게으르다는 증명이고, 이대로 안주한다는 나약함을 보여주는 것과 같다. 누구나 한 번뿐인 똑같은 인생 똑같은 삶인데 가능하다면 건강하고 보기 좋게 오래오래 행복하게 살아야 하지 않을까. 가벼워진 몸을 느끼는 순간부터 하고 싶고, 할 수 있는 일들이 점점 많아질 것이다.

마지막이라는 말

삶은 때때로 너무 가혹하다.

회사에서 매일같이 쌓여가는 업무, 버텨도 버텨도 줄지 않는 야근.

누구보다 열심히 했는데도 돌아오는 건 질책뿐인 상사의 한마디.

그런 날이면, '나는 왜 이렇게까지 살아야 하나' 하는 생각이 스쳐 간다.

또 어떤 날은 인간관계가 무겁다.

친하다고 믿었던 친구의 무심한 말 한마디,

가족의 기대와 부담이 섞인 시선,

애써 웃으며 넘기지만, 혼자 방에 누우면 그 말들이 머릿속을 맴돈다.

그 순간 스스로 묻는다.

"나, 이렇게까지 괜찮은 걸까?"

삶은 그렇게 틈틈이 사람을 몰아붙인다.

길에서 어깨를 스친 낯선 사람의 짜증 섞인 눈빛도,

지하철 안에서 들려오는 한숨도,

사소해 보이지만 마음을 덮치는 무게가 된다.

겹겹이 쌓인 피로와 상처는 결국 스스로를 벼랑 끝으로 몰아세운다.

'이제 마지막일지도 몰라' 하는 극단적인 생각까지도,

그렇게 아주 작은 일상 속에서 '마지막'은 조금씩 자라난다.

그런데 이건 꼭 알았으면 좋겠다.

마지막이라는 말은 너무 쉽게 꺼내지 말아야 한다고.

그 끝을 정하는 순간, 희망은 더이상 들어올 자리를 찾지 못하니까.

희망은 거창하지 않다.

퇴근길 편의점에서 사 온 차가운 아이스크림 한 개일 수도 있고, 지하철에서 우연히 마주친 어린아이의 해맑은 웃음이 될 수도 있다.

지친 어느 날 냉장고를 열었을 때 발견한 시원한 맥주 한 캔도 좋다.

늦은 밤, 창밖을 보다가 갑자기 보게 된 밝은 달과 별빛일 수도 있다.

그 모든 것이 조용한 위로가 된다.

그리고 무엇보다, 나를 극단적으로 몰아붙이지 않고
"조금만 더 버텨보자, 내일은 다를지도 몰라"라고
스스로 다정한 말을 건네는 순간일 수도 있다.

삶이 힘들다고, 오늘이 고통스럽다고,
그것이 내 인생의 전부는 아니다.
아직 쓰이지 않은 내일이 남아 있다.

희망은 우리 곁에서 아주 작은 모양으로라도 계속 신호를 보낸다.

우리가 그 신호를 외면하지 않을 때,

삶은 여전히 이어지고, 결국 내 편이 되어준다.

그러니, 힘든 삶이라도 기억하자.

마지막이라는 말을 해야 할 할 때가 된다면 당신의 마지막은 희망이길 바란다.

끝내 버티고 선 자리에서,

작은 빛이라도 붙잡을 수 있는 사람이 되기를 바란다.

삶은 그렇게, 다시 시작되는 법이니까.

얼음처럼 굳어 보기

얼음처럼 굳은 글도 읽고 느낄 수 있다.

매일 바쁘다. 늘 시간이 없다. 그렇다고 꼭 달려야만 할까?

멈춤도 움직임이다. 가만히 있는 순간에도 마음은 회복된다.

얼음처럼 굳어본다. 움직이지 않고, 반응하지 않고, 단단히 서 있는 시간.

차갑게 식어 본다. 뜨거운 감정에 바로 반응하지 않고, 한 번 식힌 뒤 바라보기.

가만히 있으면 보인다. 놓쳤던 내 마음, 잊었던 내 호흡.

세상은 계속 돈다. 내가 멈춘다고 무너지지 않는다.
오히려 멈춤이 나를 다시 걷게 하는 힘이 된다.

**바쁘게 사는 게 능력이 아니다. 가만히 있을 줄 아는 게
더 큰 용기다.**

온오프가 잘 안된다고?

온(on)과 오프(off) 사이, 숨결 같은 균형이다.
마시기만 해도 안 되고 뱉기만 할 수도 없다.

우리는 종종 말한다.
"열정적으로 살자, 모든 것을 다 걸자."
그러나 뜨겁게만 불타는 불꽃은 오래가지 못한다. 활활
타오르는 장작불도 잠시 꺼내어 식히고, 다시 불씨를 모아
야 오래 지속한다.

삶도 그런 거 아닐까.
언제나 온 상태로 달리기만 한다면, 기계처럼 과열되고 타

버리고 터져버린다.

결국 멈춰 버린다.

뜨겁게 몰입하는 순간은 분명 필요하다. 그러나 식어야 하는 때를 모른다면, 열정은 스스로 갉아먹는 시뻘겋게 달궈진 칼날이 된다.

우리는 '멈춤'을 실패처럼 여긴다.

하지만 사실 그 순간이야말로 다음을 위한 준비다. 숨을 고르지 않고 달리면 끝내 쓰러지듯, 차갑게 식히는 시간은 필요하다.

오프는 포기가 아니라 회복이다.

뜨거울 때 뜨겁게.

그리고 차가워야 할 때는 과감히 식을 줄 아는 것.

이 단순한 균형이야말로 오래가는 삶의 비밀이다. 모든 일에 전부를 쏟아부을 수는 없다. 그러다 보면 가끔 더 소중한 무엇인가를 위해 쏟아부음은 할 수 없다. 가장 소중한 것마저 잃어버린다.

잠시 내려놓고 차갑게 멈출 때, 오히려 다시 뜨거워질 힘이 생긴다.

불씨는 꺼진 듯 보여도, 숨결 하나만으로도 다시 살아난다. 우리도 그렇다. 완전히 식었다고 여긴 마음조차, 적절한 순간에 다시 피워낼 수 있다.

그러니 두려워하지 말자. 오프는 끝이 아니다.

그건 새로운 온!을 준비하는, 삶이 우리에게 허락한 숨결 같은 시간이다.

성냥불의 힘

성냥불은 작다.

손끝에서 튀어나오는 작은 불꽃은 순간의 바람에도 흔들리고, 금세 사라질 듯 연기 속으로 스며든다. 하지만 그 미약한 빛이 어둠 속에서는 세상을 밝히고, 차가운 밤을 데우며, 어쩌면 거대한 불길의 시작이 되기도 한다. 작은 성냥불은 단순한 불이 아니라, 모든 시작의 은유이자 가능성의 결정체다.

성냥불은 어둠 속에서 가장 빛난다.

빛이 가득한 세상에서는 티 나지 않지만, 온 세상이 암흑일 때 그 작은 불빛은 누구보다 선명하게 눈에 들어온다.

지금 내 불꽃이 작게 느껴진다면, 오히려 그 안에 가장 큰 힘이 숨겨져 있을지 모른다. 아무도 주목하지 않는 그 시작이, 나를 앞으로 이끌어줄 에너지가 된다.

성냥불은 묻는다. "너는 꺼질 것 같아 보이는 작은 불꽃을 어떻게 다루겠는가?"

무시하면 사라지지만, **조심스럽게 지켜내면 거대한 불길이 된다. 그 불꽃은 나만을 밝히는 것이 아니라, 곁의 누군가를 따뜻하게 만드는 빛이 된다.**

우리는 자주 큰 것만 바라본다.

눈부신 성취, 화려한 무대, 모두가 부러워할 만한 결과. 그러나 그 모든 것은 처음부터 크지 않았다. 아주 작은 시작, 미약해 보이는 순간, 손끝에서 켜진 불꽃이 있었다. 성공의 불길은 거창한 무대에서가 아니라, 어둠 속에서 반짝이는 작은 빛에서 태어난다.

삶도 성냥불과 같다.

사소한 선택 하나, 작은 행동 하나가 인생을 바꾸기도 한다. 짧은 메모가 큰 아이디어가 되고, 용기 내어 건넨 한마디가 새로운 관계의 불씨가 된다. 하지만 우리는 자주 그 불씨를 대수롭지 않게 여기고, 스스로 꺼버린다. '작은 게 뭘 달라지게 하겠어?'라는 생각이 가장 먼저 불을 끄는 바람이 된다.

작다고 무시하지 마라.

미약한 불꽃 속에 가장 큰 힘이 숨어 있다. **우리가 해야 할 일은 단 하나, 그 불씨를 꺼뜨리지 않고 지켜, 언젠가 세상을 환하게 밝힐 불길로 키워내는 것이다.**

흙을 지킨다는 건

요즘 흙을 보기 힘들다.

아침에 나서면 발에 밟히는 건 차가운 아스팔트와 반듯하게 깔린 보도블럭뿐이다.

점심시간에도, 퇴근길에도, 내 발아래는 늘 인공적으로 깔린 바닥이다.

언젠가부터 흙냄새를 맡아본 기억조차 가물가물하다.

도시는 점점 커지고 높아진다.

건물들이 하늘을 가리고, 길은 콘크리트로 덮여가며, 초록은 구석으로 밀려난다. 우리는 더 넓고 더 편리한 세상 속에서 살고 있지만, 동시에 무언가 차가운 쓸쓸함을 느끼곤 한다.

그런데 생각해 보면, 그 모든 화려한 건물도 결국 땅 위에 세워진 것들이다. 차가운 아스팔트 밑에도 흙은 있다. **눈에 보이지 않을 뿐, 우리가 딛고 서 있는 모든 것의 기초는 여전히 흙이다. 화려한 겉모습에 가려져 있을 뿐, 근본은 변하지 않는다.**

나는 가끔은 흙을 밟고 싶다.

발바닥에 느껴지는 따뜻함, 풀 냄새, 땅에서 올라오는 묵직한 힘. 그것들이 우리에게 말해주는 건 단순하다. 지금의 화려함이 전부는 아니라고. 더 본질적인 무언가가 늘 우리를 지탱해왔다고.

삶도 마찬가지 아닐까.

우리는 매일 바쁘게 돌아가며 새로운 것, 더 큰 것만 좇지만, 결국 우리를 버티게 하는 건 눈에 보이지 않는 기본이다. 작은 습관, 사람 사이의 신뢰, 마음속의 단단함 같은 것들. 그것이 사라지면 우리는 금세 무너질 수밖에 없다.

잊고 있던 '기초'를 떠올릴 때, 우리는 다시 균형을 찾는다. 흙처럼, 땅처럼, 보이지 않아도 든든한 기반이 있다는 걸 기억하며 살아가는 것. 어쩌면 그것이 복잡한 세상 속에서 무너지지 않고 살아가는 가장 현실적인 힘일지 모른다.

"보이지 않아도, 우리를 지탱하는 것은 언제나 기본이다."

어떻게 하는지가 우리를 만든다

우리는 흔히 무언가를 시작할 때 '무엇을 할 것인가'를 먼저 떠올린다.

작가가 되겠다, 창업을 하겠다, 혹은 새로운 기술을 배우겠다. 목표를 세우는 순간, 머릿속에는 이미 아름다운 결과가 그려진다. 성취의 순간, 인정받는 모습, 그 뒤에 오는 안도와 환희. 경제적인 호화로움까지. 결과를 그려보는 일은 달콤하다. 때로는 그 기대만으로도 마음이 설레고, 아직 아무것도 하지 않았음에도 이미 반쯤 도달한 것 같은 착각을 준다.

그러나 삶은 착각을 허락하지 않는다. 현실 속의 과정은 언제나 더디고 무겁다. 그 과정 속에는 크고 작은 좌절, 끝없는 반복, 때론 포기하고 싶은 마음까지 담겨 있다.

바로 그 순간 드러나는 것이 있다.

그것은 '무엇을 할까'라는 대답이 아니라, '어떻게 해낼 것인가'라는 태도다.

무엇은 결과일 뿐, 어떻게가 삶이다

'무엇'은 언제나 목적지다. 하지만 그 목적지에 이르는 길은 누구도 보장해주지 않는다. 지도에 표시된 도착지점은 단순한 약속일 뿐, 그곳에 도달할 수 있는지 없는지는 오직 나의 '어떻게'에 달려 있다.

예를 들어 여행을 떠나는 사람들을 떠올려보자.

누군가는 빠르고 정확하게 도착하기 위해 꼼꼼히 조사하고 준비하는가 하면, 또 누군가는 천천히, 길을 돌아가며 풍경을 즐긴다. 그런데 어떤 이는 준비 부족으로 중도에 멈춰 서기도 한다. 우리가 흔히 경험했던 순간이다.

모두 같은 목적지를 향했지만, 도착하기 전에 이미 그렸던 여행의 모습은 사라졌을 수도 있다. 결국 여행의 의미는 전적으로 어떻게 준비하고, 걸어갔는지에 의해 갈린다.

삶도 그렇다.

'무엇을 한다'는 말은 선언일 뿐이다. 진짜 나를 만드는 건 그 일을 '어떻게' 해나가는가다.

과정이 몸에 남아야, 미래가 단단하다.

결과는 언젠가 잊힌다. 상장은 서랍 속에서 빛이 바래고, 상금은 이미 쓰이고 없어진다. 그러나 과정속에서 몸으로 익힌 태도와 방법은 사라지지 않는다. 그것은 마치 근육처럼 쌓인다. 실패 속에서 포기하지 않고 다시 시도한 경험, 작은 디테일을 놓치지 않으려 애쓴 습관, 상황이 막혔을 때 길을 바꿔 나아간 유연함. 이런 것들은 눈에 보이지 않지만, 내 안에서 오래도록 힘이 된다.

그래서 어떤 이는 실패했음에도 오히려 단단해진다. 그는 결과라는 성취는 놓쳤을지 몰라도, 과정에서 얻은 '몸의 기억'을 가지고 있기 때문이다. 반대로 운이 좋아 우연히 성과를 얻은 사람은 그다음이 두렵다. 자신이 무엇을 해야 하는

지는 알지만, 어떻게 다시 해낼 수 있을지 몸이 기억하지 못하기 때문이다.

과정이 몸에 남을 때, 미래는 흔들리지 않는다. 바로 그 힘이 다음 길을 열고, 또 다른 성취를 가능하게 만든다.

안타깝게도 최근의 몇몇 후배들을 보면 스스로의 고민보다 누군가가 가본 길, 해낸 일 들만 따라가는 경우가 있다. 해보지 않은 일은 하기 싫고, 만나보지 않은 사람, 거래처는 연락하는 일 자체를 거부한다. 조금은 쉽게 고민하지 않고 일이 진행되기만을 바라는 경우를 종종 목격한다. 결국 이런 사고와 행동들은 나를 더 앞으로 나아가지 못하고 정체하게 만드는 중요한 요인이 될 수밖에 없다.

괜찮을까?

결과적으로는 이런 성향의 사람과는 거의 전부 같이 오래하지 못한다. 다른 어떤 일도 맡기기 어렵기 때문이다. 왜냐하면, 뻔히 모든 게 보이기 때문이다. 진행 방법과 진행 속도와 중간중간의 어려움을 대충 넘길 거라는 예상이 빗나가지 않는다.

배움은 결국 "어떻게"를 향한다.

우리가 배우는 것도 결국 '무엇'이 아니다. 선배의 조언, 책 속의 지혜, 수많은 실패담과 인터뷰. 그것들은 한결같이 "어떻게 할 것인가"를 말해준다. 무엇을 해야 한다는 건 누구나 안다. 하지만 그것을 잘 해내는 방법을 찾는 건 오직 경험과 배움에서만 가능하다.

좋은 결과를 기대하는 것은 물론 의미 있다. 하지만 그 기대만으로는 아무것도 바뀌지 않는다. 중요한 건 하루하루 내가 어떻게 시간을 쓰고, 어떻게 과정을 대하며, 어떻게 어려움과 마주하느냐이다.

결국, 무엇보다 중요한 건 "어떻게"다.

다시 강조하지만 **우리가 남기는 건 결과가 아니다. 결과는 시간이 지나면 빛이 바래고, 사람들의 기억에서도 희미해진다. 그러나 과정에서 만들어낸 태도와 습관, 몸에 새겨진 방법은 절대로 사라지지 않는다.** 그것이 나를 단단하게 하고, 미래의 불확실한 길을 헤쳐 나가게 하는 진짜 자산이다.

그래서 오늘도 스스로 물어야 한다.

"나는 무엇을 할 것인가?"가 아니라,

"나는 어떻게 해낼 것인가?"라고.

무엇은 단지 이정표일 뿐이다.

어떻게가 곧 길이며, 나를 완성하는 힘이다.

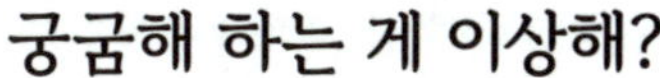

궁굼해 하는 게 이상해?

우리가 지금 당연하게 누리는 많은 것들은, 사실 처음부터 세상에 주어진 것이 아니었다.

주위의 모든 것들은 한 사람의, 혹은 수많은 사람의 작은 궁금증에서 시작된 결과물이다.

"왜 하늘은 끝이 안 보일까?"
"저 별까지 갈 수 있을까?"
"바닷속은 어떻게 생겼을까?"

궁금해 했기 때문에 질문이 생겼고, 질문이 있었기에 탐구가 이어졌다. 그리고 그 끝에서 우리는 지금의 풍족한 문

명을 살고 있는 것이다.

그렇기에 궁금해 한다는 것은 거창한 미래의 대변화 또는 위대한 발명만을 위한 일이 아니다. 오히려 지금 이 순간을 더 잘 살아가기 위한 가장 기본적이고 소중한 태도일지도 모른다.

일, 사랑, 직업, 관계, 성공, 좌절, 행복 — 우리가 매일 부딪히는 모든 단어와 상황 속에서 궁금증은 필요한 것이다.

"왜 일이 잘 풀리지 않을까?"라는 물음은 문제를 해결할 열쇠가 되고,

"왜 나는 이 관계에서 불편할까?"라는 질문은 나를 지켜내는 힘이 된다.

"행복은 무엇일까?"라는 궁금증이, 결국 나만의 삶의 정의를 만들어가는 근본이 된다.

많은 사람이 궁금해하는 것을 미숙함의 증거라 생각하기도 한다.

모르는 게 부끄럽다고 여긴다.

그러나 사실은 그 반대이다.

궁금하지 않은 상태야말로 멈춤이고, 정지이고, 결국은 퇴보인 것이다.

우리가 배워야 할 것은 답을 아는 능력이 아니라, 질문할 수 있는 시선이다.

뻔한 상황에서 다른 각도를 찾아내는 눈, 다들 고개를 끄덕이는 순간에도 한 번쯤 "정말 그럴까?"라고 되묻는 용기. 이것이 결국 우리를 더 단단한 삶으로 이끌어 줄 것이기 때문이다.

궁금해 하기.

이건 거대한 연구실이나 실험실에만 필요한 태도가 아닌 것이다.

매일의 식탁에서도, 대화 속에서도, 일상의 작은 사건들 속에서도 필요한 습관이다.

궁금해 한다는 건 곧 살아 있다는 증거이다.

그리고 끊임없이 궁금해하는 사람만이, 결국 더 깊고 넓은 삶을 살아낼 수 있다.

그러니 부끄러워하지 않아도 된다.

당신의 작은 질문은 누군가의 위대한 답이 될 수 있고,
당신 삶의 길을 바꾸는 첫걸음이 될 수도 있으니까.

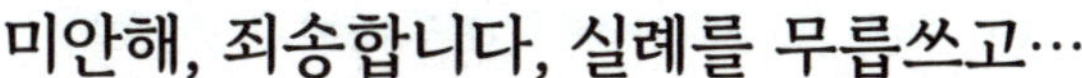

미안해, 죄송합니다, 실례를 무릅쓰고…

우리는 종종 이런 말을 듣는다.

"미안해, 근데 어쩔 수 없었어."

"죄송합니다, 다시는 안 그러겠습니다."

"실례를 무릅쓰고 말씀드리자면…."

도대체 이해할 수 없는 말들이다.

정말 미안하다면, 왜 미안한 일을 하는 걸까.

정말 죄송하다면, 왜 그 행동을 반복하는 걸까.

실례라는 걸 알면서도 왜 굳이 실례를 저지르는 걸까.

말과 행동이 따로 노는 순간, 그 말은 공허해지고, 오히려 상처로 다가온다.

　어느 날, 친구가 약속 시간을 지키지 못했다.
　30분이 늦어 도착하더니 아무렇지 않게 "미안, 차 막혀서"라고 말한다.
　그 한마디에 기다리던 시간의 답답함이,
　차가운 바람을 맞으며 서 있던 서운함이 다 씻겨나갈까?
　'미안하다'는 말은 빚을 갚는 통장이 아니라,
　책임을 지우는 영수증처럼 남아버린다.

　또 회사에서 이런 일도 있다.
　상사가 잘못 지시한 일을 그대로 처리했는데,
　결과가 틀어지자 "미안, 네 탓은 아니야. 근데 이건 네가 다시 다 수정해야겠어."
　미안하다고 말했지만, 결국 피해는 나에게 남았다.
　그 순간 '미안하다'는 말은 위로가 아니라 의무를 떠넘기는 도구로 변해버린다.

　그리고 흔히 듣는 말 중에.

"실례를 무릅쓰고 한마디 드리자면….”

그 뒤에 나오는 말은 대개 상처가 된다.

외모에 대한 평가, 가정사에 대한 불필요한 지적,

혹은 상대가 불편해할 것을 뻔히 알면서도 굳이 내뱉는 말들.

실례임을 인정하면서도 멈추지 못하는 건, 결국 자기 욕심일 뿐이다.

말이 주는 상처는 눈에 보이지 않지만, 오래 남는다.

"괜찮아”라는 겉치레 뒤에 숨어도,

마음속에서는 "정말 괜찮은 걸까” 하는 의문이 맴돈다.

사람은 말로 다치고, 말로 위로받는다.

그만큼 말은 가볍게 흘려보낼 수 없는 무게를 가진다.

"미안하다”는 말을 할 때는, 단순한 입버릇이 아니라

다시는 같은 잘못을 반복하지 않겠다는 다짐이어야 한다.

"죄송하다”는 말은 상대에게 면죄부를 구하는 주문이 아니라,

내가 내 행동을 돌아보는 시작점이어야 한다.

"실례를 무릅쓴다"라는 말은 아예 입 밖에 내지 않는 게 좋다.

실례임을 안다면 멈추는 것이 배려이고 예의다.

말은 결코 가볍지 않다.

미안하다면서 상처를 주고, 죄송하다면서 무책임을 남기며,

실례라고 하면서 결국 예의를 저버린다면,

그 말은 상대의 마음을 조금도 위로하지 못한다.

우리가 할 수 있는 건 단순하다.

미안하다면 애초에 그런 일을 하지 말고,

죄송하다면 같은 잘못을 반복하지 말며,

실례라면 입을 닫는 것이다.

말은 상처의 칼이 될 수도 있고, 위로의 약이 될 수도 있다.

그 선택은 결국, 내 입에서 시작된다.

약속 수업

우리가 살아가는 하루는 수많은 약속으로 얽혀 있다.

아침에 눈을 뜨자마자 우리는 이미 약속 속으로 들어선다. 회사의 회의 일정, 친구와의 점심 약속, 연인과의 데이트, 가족과의 식사. 심지어 택배가 오는 시간까지도 모든 게 약속이라 할 수 있다. 또 그 안에는 버스나 지하철의 시간이나 어느 장소의 영업 여부와 시간 그리고 예약까지도 약속의 연결고리에 있다. 단순히 누군가와 시간을 맞추는 행위 같지만, 그 안에는 상대방의 삶과 계획, 그리고 신뢰가 걸려 있다. 그래서 우리는 약속을 지키려 애쓰고, 늦으면 미안해하고, 지키지 못했을 때 마음에 오래 남는 후회를 품는다.

세상은 사실 약속 위에 서 있다.

지하철이 정해진 시간에 도착하는 것, 매달 월급이 들어오는 것, 전기세 고지서가 오는 것. 이 모든 것도 사회와의 약속이다. 그런 약속들이 조금이라도 어긋나면 불안과 혼란이 찾아온다. 약속은 단순한 시간이 아니라, 삶을 지탱하는 보이지 않는 연결된 선인 셈이다.

그런데 우리는 유독 한 가지 약속에는 너그러워진다. 바로 나와의 약속이다.

새해가 밝을 때 다이어리에 적었던 계획들. 이번에는 꼭 지켜보겠다고 다짐했던 운동, 공부, 금연, 혹은 단순히 매일 일찍 일어나기 같은 작은 목표들. 대부분은 며칠 가지 못했다. 처음엔 스스로 다그치다가도, '괜찮아, 내일 하면 되지'라는 말로 금세 유예시켜 버린다. 흥미로운 것은, 남과의 약속을 어기면 죄책감에 사로잡히면서도, 나와의 약속을 어길 때는 대수롭지 않게 넘어간다는 사실이다.

나는 한 번 이런 경험이 있었다.

매일 30분씩 글을 쓰겠다고 스스로에게 약속했다. 처음

며칠은 충실했다. 하지만 하루는 피곤하다며 넘어가고, 이틀은 일이 많다며 미뤘다. 그렇게 일주일이 지나자 '어차피 이번 달은 망했네'라는 자기합리화가 찾아왔다. 결국 한 달 뒤, 남은 것은 한 장도 채 안 되는 글과 스스로에 대한 실망감뿐이었다.

그때 깨달았다. 스스로와의 약속을 지키지 못하면, 내 자신을 신뢰할 수 없게 된다는 것을.

사람은 결국 자신을 믿는 힘으로 살아간다.

내가 한 말을 내가 어길 때, 내 안의 신뢰는 조금씩 무너진다. 하지만 아주 작은 약속이라도 나 자신에게 지켜낼때면, 놀라울 정도로 희열이 찾아오고 뭔가 더 단단해진 느낌을 받는다. 아침에 일찍 일어나겠다는 약속을 지키고, 하루 한 페이지라도 책을 읽겠다는 약속을 지키고, 불평 대신 감사 한 줄을 적어보겠다는 약속을 지킬 때. 그 작은 성실함이 쌓여 결국 큰 자존감이 된다.

사실 우리는 타인과의 약속을 잘 지키는 이유가 있다.

그것이 곧 관계와 신뢰로 이어지기 때문이다. 하지만 정작 내가 나를 신뢰하지 못하면, 타인과의 신뢰도 오래 버틸 수 없다. 스스로의 약속을 쉽게 저버리는 사람이 타인과의 큰 약속을 지켜낼 수 있을까? 결국 모든 약속의 출발점은 자기 자신이다.

예전에 존경했던 한 선배는 내게 이런 말을 해준 적 있다.

"너와의 약속을 지켜내고 성공했다면 자랑해도 괜찮아. 그래야 더 행복해지지 않겠어? **네가 너 자신과 한 약속을 지키는 걸 누가 본다면, 너에게 더 큰 일을 맡기고 싶어질 거야.**"

그 말이 오래 남았다. 남이 보기 전에 이미 자신과의 약속을 지켜내는 힘이 있어야 한다는 뜻이었으니까.

오늘도 또 다른 약속들이 우리를 기다리고 있다.

그 약속들을 잘 지켜내기 위해, 이제는 조금 다른 훈련이 필요하다. 남과의 약속만큼, 아니 그보다 더 소중하게 **자기 자신과의 약속을 지켜내는 연습. 그것이야말로 나를 진짜로 성숙하게 만드는 길일 것이다.**

약속은 단순한 시간표가 아니다.
그것은 신뢰의 이름이고,
자기 자신을 단단히 세우는 방법이며,
결국 더 넓은 세상과 연결되는 통로다.

오늘 하루, 다시 물어보자.
나는 나와의 약속을 얼마나 지켜내고 있는가.
그 답이 곧, 내 삶의 무게와 방향을 결정할 것이다.

무너져도
괜찮다는
말

상처, 상실, 이별 그리고 회복의 시간

오늘 밤은 너를 그려

너와 헤어진 나는 아직 다른 사랑을 만날 수 없었어.

많은 헤어진 연인들이 그렇듯 나 또한 한참을 방황하고 슬퍼하고 우울한 메일을 보내고 있어. 너는 어떻게 지내고 있는지 궁금할 때도 있지만 그게 무슨 소용이 있겠니. 이제 너와 나는 어차피 다른 사랑을 만나야 할 각기 다른 삶일 텐데. 네가 그리울 때가 항상이었지. 그리고 자주였다가 이젠 가끔 생각이 나네. 아직도 너를 잊지 못하고 있다는 걸 알고 있지만 그렇다고 뭘 어쩌겠니. 네가 잘 살기를 바라고 행복하기를 바라는 것도 있지만 **가끔은 아프고 외롭길 바라.** 그리고 **나처럼 너를 그리며 지내는 슬픈 밤이 있기를 바라.**

어쩌면 너도 매일 밤 외로울 수 있을 거라는 것도 그려. 그렇다고 매일 나를 그리며 슬퍼할 수도 있을 너를 위로할 마음은 없어. 네가 모르겠지만 사실 나는 오늘도 아침에 일어나서 너를 그렸고, 종일 눈에 보이는 모든 것에 너를 그렸고, 먹는 모든 음식에 너를 그렸고, 거리에 다니는 연인들을 볼 때마다 너를 그렸고, 너를 지우기 위해 마시는 술 한 잔에도 너를 그렸어. 그리고 지금 오늘 밤도 역시 너를 그려. 그러니까 너를 위로하지 않는 나에게 욕하지 말고 서운해하지 않기를 바라. 오늘 밤도 나는 내일이 되면 너를 다시는 그리지 않겠다고 또 다시 다짐하고 있어. 그렇게 항상 그리고 자주 그리고 가끔인 너를 그려나가다 보면 언젠가는 다시는 너를 그리지 않는 밤이 오기를 바라.

다른 사람의 말에 상처 따위 받지 않기

상처 주는 말에 한동안 존재감을 잃고, 아팠던 적이 있다. 정확한 얘기도 아닌데 그 말이 맞는 거라고 느꼈고, 내가 그런 사람이었구나 라는 생각에 잠도 못 자고 친구도 동료도 만나기 어려웠었다. 그 말에 나를 껴맞추고 있었다. 한참을 지나 소통의 오해로 인한 결과였다는 걸 알았을 때는 다행이기 전에 힘들고 허무한 시간만 지난 후였다.

상처 주려고 하는 말은 쉽게 알 수 있다.

감정조절에 실패한 후 거침없이 쏟아지는 송곳 같은 말, 마음의 말이 아닌 자신을 방어하고 아프지 않으려고 내뱉는 이기적인 말들이다. 우리는 이런 말들에 대응하지 않고 걸러서 버릴 줄 아는 용기와 담대함이 있어야 한다. 미움받을 용기가 필요한 순간이다. 내가 남에게 상처를 주지 않는 말을 하는 것도 중요하지만, 다른 사람의 의도치 않은 상처 주는 말 따위에 신경 쓰고 아파할 마음은 사치라고 생각하고 버리고 잊어버릴 줄 알아야 한다. 그리고 **마음에 담아두지 않아야 건강에 좋다.**

쏟아지는 비처럼 버리고 내리는 눈처럼 쌓고

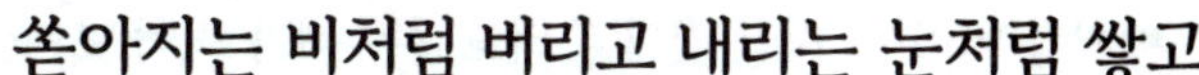

장마철 쏟아지는 굵은 장대비를 볼 때가 있다. 가끔은 미치도록 쏟아지는 비가 무섭기도 하고

마치 하늘에 구멍이 난 게 아닌가 하는 공포감도 몰려온다. 갑자기 내리는 장대비는 우산도 소용없다. 그저 잠시 비를 피할 곳을 찾는 게 비를 맞지 않는 가장 좋은 방법이다. 짧은 시간에 많은 것을 바꾸고, 미련 없이 흘려보낸다.

만약에 우리가 버릴 것이 있다면 마치 쏟아지는 장마철의 비가 되었으면 좋겠다.

잊지 못할 것 같은 추억과 기억, 버려야 할 물건들, 지워야 할 전화번호, 잊어야 할 나의 마음들까지… 가지고 있어봐야 잠깐의 눈물만 될 뿐 앞으로 나아가야 할 나에겐 도움이 되지 않는 것들.

비처럼 버리자. 미련 없이 흘려보내는 비가 되어 보자.

짧은 시간에 당신은 많은 것을 느낄 것이고, 바뀌게 될 것이다.

그리고…

한겨울 소리 없이 내려 쌓이는 눈이 되어 보자

켜켜이 쌓여 묵혀두었던 많은 것들을 비워 냈다면, 이제 우리는 다시 많은 것들을 새롭게 쌓아야 한다. **밤새 아무도 모르게 내려 아침에 문을 열면 쌓여 있는 눈처럼 쌓아보자.**

나를 위한 기록과 미래의 나를 위한 결심이 그 중심이 되었으면 좋겠다.

그 안에서 다시 만들어질 추억과 기억, 물건들, 전화번호, 소중한 마음까지.

이제 이 모든 새로운 것들은 더욱 단단할 것이며, 일생을 살면서 끄집어낼 만한 보물이 될 것이다.

거침없이 버려야 아프지 않고, 소중하게 만들어야 평생을
같이 할 수 있다.

나에게만 있는 일은 아닌 거야

안 좋은 일이 생기기 시작하면 계속해서 안 좋은 일들이 따라올 때가 있다.

가뜩이나 힘든 상황을 어렵게 버티는 중인데….

좋은 일 생길 때는 안 그러더니….

내가 뭘 잘못했길래 나한테만 이렇게 어려운 시련이 계속해서 찾아오는지.

찾지 않았던 하느님을 원망하고 부처님을 탓하면서 점점 더 어두운 암흑으로 나를 끌고 간다.

계속된 위협과 고통, 걱정에 힘들어지면 조금씩 이성을 잃어가고, 사리분별이 어려워진다.

옳고 그름의 경계조차 느슨해지고, 화를 억지로 꾹꾹 참아가며 병을 키운다.

대부분의 모든 상황을 개인적으로, 그리고 점점 더 이기적으로 판단하게 된다.

세상이 나를 버렸네,

난 이제 뭘 해도 안 돼,

될 대로 되라지,

네가 뭔데,

젠장…

점점 더 어두워진다.

어려운 상황을 극복하기 위해 노력하는 사람들이 있는가 하면, 그렇지 못한 경우 때로는 사람을 잃을 수도 있고, 쌓아온 명성이 바닥에 떨어지고, 건강을 잃을 뿐만 아니라 경제생활도 어렵게 된다.

어떻게 해야 이런 힘든 상황을 슬기롭게 극복할 수 있을까?

주위의 염려와 도움이 될 수도 있고, 전문가의 상담과 조치로 안 좋은 일들이 해결될 때가 있다. 그리고 가끔은 정말 우연하게도 운 좋게 문제가 해결될 때도 있다.

그렇지만 모든 문제 해결의 시작과 끝은 바로 자기 자신이다. 정신줄! 놓지 않고 해결하려는 바른 마음과 열정이 해답이다. 이성을 찾아서 바른 판단을 내리고 하나씩 하나씩 문제 해결을 해나가는 사람들은 안 좋은 일들이 생긴다고 자기 자신을 암흑으로 끌고 가지 않는다.

어떻게 해야 문제를 해결해 나갈 수 있는 사람이 될 수 있을까?

이게 바로 핵심이다.
똑똑한 사람이라서, 주위에 권력자가 많아서, 가진 재산이 많아서 일 수 있겠지만,
가장 중요한 것은 나를 존중하고 신뢰하는 마음이다.

가장 많이 하는 안 좋은 것 중의 하나인 비교를 해 보자.

다른 사람이 부럽거나, 싫어서 욕하는 비교가 아니다.

모든 어려운 일들은 누구에게나 있다

나에게만 있는 일이 아니다. 다른 사람들에게도 어려운 일들은 똑같이 찾아온다.

그런데 그들은 문제를 해결해 나가고 있다. 나는 못 하고 있다. 이게 말이 되냐!!

내가 뭐가 못나서 그런 문제 해결 하나를 못 하냐. 나도 할 수 있다.

그렇게 비교하자. **너도 하는데 내가 못할까? 이런 비교 결정!!**

할 수 있다. 포기하지 않으면 된다.

비교해 보자. 나도 해낼 수 있다는 걸 보여주자.

처음 기억

우리 모두에게는 처음이 있다.

기억조차 없는 아주 먼 순간에도, 우리는 처음 울었고, 처음 걸었다.

그 후로 수많은 처음이 이어졌다.

처음 자장면을 먹으며 입가를 물들이던 검은 소스,

처음 치킨을 손에 쥐고 입안 가득 번지던 바삭한 기쁨,

처음 버스에 올라타 창밖을 바라보며 느꼈던 설렘,

처음 기차에 몸을 싣고, 비행기에 올라 하늘을 가르고,

처음 바다를 건너 배 위에서 마주한 거센 바람.

처음 직장의 일과 처음 받는 월급의 기쁨

처음 나를 위한 선물 그리고 처음 사랑

그 모든 처음은 지금의 나와 함께 있다.
그러나, 수많은 처음은 사라지듯 잊히고 기억에도 없다.
그런데, 왜 '처음 사랑'만은 쉽게 지워지지 않을까.

그 사랑은 서툴렀고, 그래서 감정은 아직도 정리를 못한
걸까.
이상하게도 마음은 그 처음 사랑을 버리지 못한다.
마치 아직도 그 처음 사랑이 현재에도 어떤 존재로 남아
있는 듯이 아직도 내 안에서 '처음'이라는 이름으로 남아
있다.

처음은 늘 서툴다. 부족하고 미완성이다.
울면서 눈물을 알았고, 넘어지고 깨지면서 안 넘어지는
법을 배웠다.
하지만 그 서투름 속에 담긴 진심이야말로 삶의 방향을
바꾼다.
그래서 우리는 다른 기억들은 흐릿하게 잃어버려도,

유독 아프고 슬펐던 몇몇 '처음'만은 오래도록 가슴에 남
겨둔다.
처음 사랑이 오래 있는 건 다시는 아프지 않으려고 애썼기
때문이겠지.

그 처음이 그리워서 아프지만,
그 처음이 있었기에 지금의 내가 있다.
아직도 불완전한 채 살아가는 나에게,
그 처음은 오래된 위로처럼 속삭인다.

**"서툴러도 괜찮아.
너의 지금도 언젠가 누군가의 소중한 처음이 될 테니까."**

죽고 싶다는 말의 진짜 뜻

죽고 싶다는 마음은, 사실은 "너무 힘들다"는 말의 다른 표현이다.

지금 이 고통에서 벗어나고 싶다는 절규일 때가 많다.

지금 당장 삶이 무너진 것 같아도,

그 순간을 지나온 사람들은 이렇게 말한다.

"죽지 않고 잘했다"고.

몸이 아프면 병원에 가듯, **마음이 아플 땐 쉬어야 한다.**

그건 약하고 나약해서가 아니라, 인간이라서 그렇다.

마음의 고통도 치료가 필요한 '상처'이기 때문이다.

몸이 아프면 병원에 가는 것은 회복을 선택한 용기다.

오늘 할 수 있는 딱 세 가지만 정해보자.
예를 들면, 밥을 한 끼 먹기, 햇볕 아래 잠깐 서 있기, 누군가에게 문자 보내보기.
삶은 거창한 결심보다, 이렇게 작은 일상의 반복으로 다시 움직이기 시작한다.

우리는 태어날 때부터 '살 자격'을 증명하지 않아도 되는 존재다.
그저 존재하는 것만으로 괜찮은 사람이다.
남과 비교해 초라해진 마음도, 무기력한 시간도, 그 자체로 지나갈 수 있다.

지금의 너는 부서지지 않았다.
그저 잠시, 많이 지쳐 있을 뿐이다.

괜찮지 않아도 괜찮다.
우리는 모두, 괜찮은 사람이다.

그땐 아팠지만, 거기서 끝나지 않았다

누군가를 너무 사랑했던 기억,

많은 게 무너졌던 일,

말없이 끝나버린 인연.

우리는 그런 것들을 오래 붙잡고 산다.

하지만 이제는 안다.

아무리 되돌아봐도 그 순간은 돌아오지 않고,

붙잡을수록 나만 아팠다. 오래 붙잡으면 붙잡을수록….

잊으라는 말이 아니다.

버릴 건 상처고, 남길 건 배움이다.

실패는 실패로 끝내지 않을 때 가치가 있고,
이별은 다음 사랑을 더 깊게 만들 때 의미가 있다.

**그 모든 아픔은 나를 낡고 거칠게 만든 게 아니라,
더 나은 사람으로 깎아낸 조각을 만들 시간이었다는 것
을 깨달아야 한다.**

언제까지고 '그때'에 머물 순 없다.
계속 되새기면, 오늘의 나까지 삼켜버린다.

과거는 끝났고, 나는 지금 여기 살아 있다.
더는 과거가 오늘의 나를 결정하게 두지 않을 것이다.
이제 나는 나를 위해 단단해진다.

"그땐 아팠지만, 그걸로 끝나지 않기로 했다."
그러면 삶은, 아주 조금씩 앞으로 다시 흐른다.

내가 세상에서 사라진다면

내가 지금 세상에서 사라진다면 어떤 일이 일어날까?
나를 생각하며 울어 줄 사람, 슬퍼할 사람이 있을까?
과연 내 주변에 몇 명이나 그런 사람이 있을까?

내가 지금 세상에서 사라진다면 어떤 일이 일어날까?
내가 없어서 업무가 마비될까? 회사가 망할까?
거래처는, 단골 식당, 술집 사장님들은 내가 사라진 걸 궁금해 할까?

나 하나 없어도 어차피 세상은 잘 돌아가겠지…라는 생각은 당연한 건데

나 하나 있다고 세상이 피폐해지지 않는다면 나는 나대로 살아가도 되는 거 아닐까?

조금 잘못을 해도, 때론 실수해도, 가끔 이기적이어도 괜찮지 않을까?

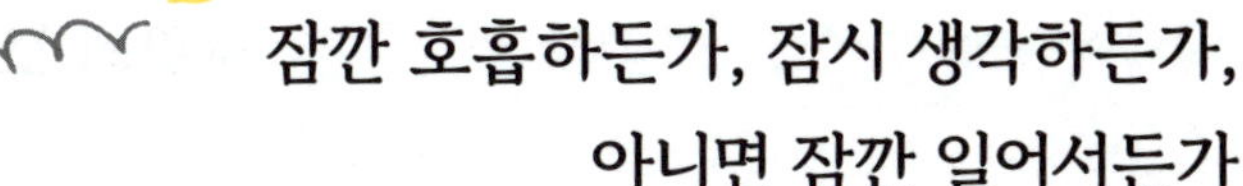

잠깐 호흡하든가, 잠시 생각하든가, 아니면 잠깐 일어서든가

너무 화가 난다면 잠깐 호흡하던가

말문이 막힐 정도로 억울하다면 잠시 생각하던가

이런 거 다 안되면 그냥 잠깐 일어서서 걸어보는 게 어떨

까?

사랑의 모양

사랑은 언제나 하나의 모습만을 하고 있지 않았다.

부모님이 내 이름을 부르며 지어주던 미소도,

내가 부모님께 용기 내어 건네던 서툰 "사랑해요"도,

한때는 세상 전부였던 연인의 손길도,

스쳐 지나갔지만, 마음속에 작은 흔적을 남긴 타인들의
온기도,

심지어 작은 사물에까지 기울였던 애착까지.

모두 사랑의 다른 얼굴이었다.

돌이켜보면, **사랑은 나를 자라게 한 가장 큰 교과서였다.**
내가 선택한 선생님은 이별이었는지도 모른다.

그 아픔 속에서, 나는 사랑의 무게와 깊이를 배웠다.

사랑은 언제나 따뜻하기만 한 것이 아니었고,

때로는 가장 아프게 나를 흔들어 놓는 존재이기도 했다.

그러나 그 아픔조차, 결국 배움의 시간이 되고 있었다.

우리는 사랑을 본능처럼 알고 태어나는 것 같지만,

사실 사랑은 배워가는 것이다.

상대의 마음을 어떻게 듣고,

어떻게 지켜주고,

어떻게 놓아주어야 하는지를

조금씩, 아주 조금씩 알게 되는 과정.

하지만 한 가지는 분명하다.

사랑을 배우는 데는 시간이 필요하다.

그 시간을 지나치게 늦추어서는 안 된다.

사랑은 언제나 기다려주지 않는다.

늦게 배우면, 가끔은 이미 떠나버린 사람의 빈자리에서

뒤늦은 깨달음만을 안고 살아가야 하기 때문이다.

사랑을 남들보다 조금 더 빨리 배울 수는 없는 걸까?

그때 조금 더 용기를 냈더라면,

조금 더 솔직했더라면,

조금 더 따뜻했더라면,

지금의 내 사랑의 모양은 달라졌을까.

그러나 결국, 사랑은 늦게라도 배우면 다행인 것 아닐까.

때로는 후회 속에서, 때로는 아픔 속에서

우리는 사랑의 얼굴을 알아가고,

그 얼굴 모양은 우리 마음속에서 점점 더 깊어지는 것일 테니까.

사랑은 결코 한 가지 색깔만이 아니다.

붉게 타오르는 순간도 있고,

푸르게 그리운 시간도 있으며,

흰빛처럼 고요하게 나를 감싸는 순간도 있다.

그 모든 모양과 색이 모여

결국은 '나의 사랑'을 완성한다.

나는 아직도 사랑을 배우는 중이다.

어쩌면 평생 배우다 끝나는 것일지도 모른다.

하지만 그것이 어쩌면 내 삶의 가장 큰 선물일 수도 있다.

사랑을 통해 울고 웃고,

기억하고 그리워하며,

결국은 따뜻한 사람이 되어가는 것.

각자의 사랑은 있지만, 모두의 사랑은 전부 다른 모습이다.

그 가벼움과 무거움, 얕음과 깊음, 색의 농도, 호흡의 시간, 긴장의 순간들….

그것이 사랑의 모양이다.

아프던 어느 날

너무나 아프던 날이 있었다.

몸은 칼날처럼 날카로운 통증에 시달렸고, 수술대 위에
누워야 했으며, 차가운 링거액이 팔을 타고 흘러들어왔다.
주사는 매일같이 몸을 찔렀고, 약은 쓴맛을 남겼다. 씻지도
못한 몸에서는 퀴퀴한 냄새가 나고 있었다.

몸은 치료받고 있었지만, 중요한 건 마음이 점점 더 무너
져 내리고 있었다는 것
그날의 가장 큰 고통은 사실, 네가 곁에 없었다는 거였다.

연락할 수도 없었고, 다가갈 수도 없었다.

나는 내 아픈 모습을 보여주고 싶지 않아서 애써 숨겼지
만, 결국은 보여줄 수조차 없는 거리가 우리 사이에 생겨버
렸다. 그래서 더 고통스러웠다.

몸은 아픈데, 마음은 더 쓰리고 허했다.

진짜 아픈 게 무엇인지, 그날 처음 알았다.

**칼로 베인 듯 아픈 것은 몸이었지만, 피가 나고 무너진 건
마음이었다.** 네가 없는 병실의 공기는 너무도 공허했고, 눈
을 감으면 그저 네 얼굴이 떠올라 더 눈물이 났다.

누구나 아프고 힘든 날은 있다. 그러나 더 아픈 것은, 그
모든 날을 같이 이겨낼 사람이 옆에 없다는 사실이다. 병은
약으로 다스릴 수 있지만, 그리움은 약으로 다스릴 수 없다
는 걸, 그때 처음 알았다.

나는 가만히 누워, 차가운 병실 천장을 바라보며 속으로
만 네 이름을 불렀다.

그렇게 부르면, 통증이 조금은 잦아드는 것 같았으니까.

하지만 그 순간조차, 너에게 닿지 않는 목소리라는 게 더

가슴을 저며 왔다. 조용히 나도 모르게 눈물이 흐르고 있
었다.

　몸은 결국 회복된다. 수술 자리는 아물고, 주사의 흔적도
지워진다.
　그러나 마음의 흉터는, 너의 부재가 새겨놓은 허전함은
아물지 않더라.

　나는 아직도 그날의 차가운 공기 속에서, 너를 그리워한다.

산타 할아버지께

산타 할아버지, 안녕하세요.

어릴 적엔 창문 너머로 할아버지가 오실까 두근거리며 잠든 적이 많았는데, 이제는 그런 마음을 잊고 지낸 지 오래예요. 그래도 마음 한편엔 여전히 남아 있습니다. '혹시 올해도 와주실까?' 하고 바라보는 그 작은 어릴 때 기대 말이에요. 생각해 보면 아침 머리맡에 있을 선물 생각에 조마조마하고 설레였던 그때가 그립습니다.

사실 이제 어른이 되어버린 저에겐 더 이상 선물 자격이 없겠지요.

하지만, 오늘은 조금 엉뚱한 소원을 빌어보려고 합니다.

내가 받을 선물을 누군가 다른 이에게 보내주시면 어떨까요?

겨울은 춥고 눈은 차갑지만, 그 안에서도 따뜻한 마음 하나 건네받는다면 오래도록 견딜 수 있잖아요. 그래서 제가 바라는 선물은 제 것이 아니라, 내 곁에 있는 소중한 사람들에게 전해졌으면 좋겠습니다.

할아버지, 제 가족들에게는 건강을 선물해 주세요.
아픈 곳 없이, 서로의 안부를 나누며 한 해를 잘 살아갈 수 있도록요.

내 연인에게는 따뜻한 믿음을 선물해 주세요.
작은 오해나 불안이 우리 사이를 흔들지 않게 해주시면 좋겠어요.

그리고 내 친구들에게는 웃음을 주셨으면 해요.
각자의 삶이 무겁더라도, 만나서 함께 웃을 수 있는 힘 말이에요.

마지막으로, 나와 함께 일하는 동료들에게는 지치지 않는 용기를 부탁드려요.

서로 기대며 나아갈 수 있는 끈기를, 작은 선물 상자에 담아 주신다면 더할 나위 없을 것 같아요.

저는 그저 바라만 볼 수 있어도 충분합니다.

누군가의 행복한 얼굴이 나에게 가장 큰 선물이니까요.

산타 할아버지, 바쁘시겠지만 올해도 잠시 제 창가에 들러 주세요.

내가 빌었던 작은 소원들이, 하얀 눈송이를 타고 조용히 전해지기를 바라며….

오늘 밤, 다시 한 번 두 손 모아 기도합니다.

그리고 저도 소원이 있어요.

산타 할아버지도 산타 할머니와 함께 오래도록 건강하고 행복하시길 바랍니다.

술을 마시는 이유

왜 술을 마시느냐고 하면 뭐라고 할래?

술이 맛있다고 할래, 술이 취하면 기분이 좋아져서 마신
다고 할래?
잊고 싶은 일이 있어서 그런다고 할래, 좋은 일이 있어서
마신다고 할래?

건강에도 안 좋은 술,
먹는 핑계가 좋은 게 있을까?

난, 술 마시는데 이유가 없다고 할래.

누군가는 돈이 아무리 많아도

건강이 안 좋아서 못 마시고,

누군가는 건강이 아무리 좋아도

돈 없어서 못 마실 수 있는 게 술이야.

우린 그래도

술 마실 수 있는 조금의 돈과

술 마셔도 되는 건강한 몸이 있잖아.

게다가 함께 마실 수 있는 네가 있다는 게 행복이고 행운

이고 술 마시는 이유가 되지.

그날, 비가 내렸지.
예보에도 없던, 마음처럼 쏟아지던 비.

말없이 마주 보며
너는 젖었고, 나는 무너졌다.

눈물인지 빗물인지 분간도 되지 않았던 얼굴.
그건 이별이었다.

사랑인 줄 알았는데 그건 나만의 기대였고,
우리의 온도는 다르게 식어가고 있었다.

추억이 많아서 괴롭고,

말을 아껴서 더 슬펐고,

그 침묵에 익숙해진 나 자신이 제일 어리석었다.

결국, 이별은 그렇게 왔다.

붙잡는다는 건,

지키는 게 아니라 놓치고 싶지 않다는 나의 이기심일 수

있음을 그날 알았다.

이별은,

어느 날 문을 두드리지도 않고

그냥, 조용히 앉아 있었다.

너와 나 사이에.

사랑을 사랑이라 믿었던 어리석음,

놓치고 나서야 알게 되는 감정의 민낯,

그리고, 그래도 앞으로 나아가야 하는 나 자신을 뒤늦게

마주한다.

언젠가 이 시를 다시 읽을 때,

더 이상 그 장면에서 머물지 않기를 바라며….

네가 어디에 있든지, 무슨 생각을 하는지 알수 있는 게 사
랑이라는데…

한때는 정말 믿을 수 없는 신기한 일들이 많았었잖아.

어떻게 그렇게 서로 잘 찾고, 서로 마음이 맞았는지….

그런데 지금은 네가 보이지 않고, 모르겠어….

내가 어떻게 해야 하는지 모르겠어. 너의 마음을 알 수가
없어….

네가 있는 그곳에 가야 볼 수 있는 건지,

그래야 너의 마음을 알 수 있는 건지.

시간이 많이 흐르면, 언젠가는 나도 네가 있는 세상에 가
겠지.

그때 만나면 그동안 서로 어떻게 살아왔는지 알 수 있겠지.

**너에게 난, 네가 없어도 단단하게 세상을 살아왔다고 말
해줄 거야.**

그렇게 살아가기로 했어.

내 마음 너는 알 수 있는 거지?

혼자 남은 밤,

그 시간이 왜 그렇게 길고 조용하고 잔인한지,

이별을 겪은 사람만이 알지…

어지러움,

슬픔이 정확히 슬픔이라고 느껴지지 않고,

그저 텅 비고 흐릿하고,

가끔은 목 끝까지 올라오는 무언가 같은 감정

불 꺼진 방 안.

핸드폰 불빛조차 보기 싫을 만큼 조용한 밤.

그 적막 속에서 잊었다고 생각한 네 이름이
선명하게 떠올라 오히려 비현실 같은 밤

네게도 이런 밤이 찾아올지 모르지만
그땐 너도,
나처럼 조용히 이별을 건너기를.

닮은 듯 닮지 않은

처음엔 너무나 달랐다.

너는 집에서 쉬며 조용히 시간을 보내고 싶지만,

나는 밖에 나가 사람들을 만나고 바람을 쐬어야 살아 있
는 기분이 든다.

너는 일이 꼬이면 바로 대화를 풀고 싶어 하지만,

나는 잠시 거리를 두며 혼자 생각할 시간이 필요하다.

나는 늘 빠르고 단정하게 정리하는 편이었고,

너는 여유롭게 하나하나 음미하며 움직이는 사람이었다.

나는 집안 불빛을 환하게 켜두는 걸 좋아했지만,

너는 은은한 스탠드 하나로 충분하다 했다.

사소한 것들이었지만 그 차이는 생각보다 컸고,

처음엔 그 작은 차이들이 우리 사이를 더 가깝게 다가가
지 못하게 하는 벽처럼 느껴지기도 했다.

물론 그건 당연한 거라 생각하고 있었다.

서로 다른 집에서, 서로 다른 방식으로, 오랜 시간을 살아
왔으니 어떻게 같을 수 있을까.

그래서 한동안 우리는 맞추기에 바빴다.

내가 한 발 물러서면, 너도 조금 양보하고.

내가 불편함을 삼키면, 너는 나를 위해 습관을 바꾸려 애
썼다.

그런데 언젠가부터 생각했다.

**사랑이 자꾸 희생이 되어버리면, 그걸 버티며 함께 지내기
는 힘들지 않을까.**

사랑은 억지로 맞추는 게 아니라, 서로를 배우며 조금씩
닮아가는 게 아닐까라는.

사람들은 부부가 오래 함께하면 닮아간다고 말한다.

처음부터 닮은 것이 아니라, 서로의 기쁨과 슬픔을 함께 겪으며 같이 살아가다 보면 자연스럽게 닮아가는 걸 말하는 거겠지.

내 표정에 네가 묻어나고, 네 말투에 내 리듬이 배어들면서, 언젠가 우리도 닮은 듯 닮지 않은 얼굴을 하고 웃고 있지 않을까.

다르기 때문에 생기는 차이들은 지금도 많다.

나는 약속 시간보다 서둘러 준비하는데, 너는 "조금 늦어도 괜찮아" 하며 여유를 부린다.

나는 계획을 세워 차곡차곡 일을 해내려 하지만, 너는 즉흥적인 기분에 따라 움직일 때가 많다.

이런 차이 때문에 다투기도 하고, 서로 답답해하기도 했다.

하지만 이제는 안다. 그 모든 과정이 우리가 닮아가기 위한 '시간 벌기'였다는 걸.

다르기 때문에, 오히려 배우고 변하며 조금씩 서로의 세계를 알아가고 있다는 걸.

때로는 힘들고, 어설프고, 말이 통하지 않아 눈물 날 때도 있지만, 그것조차 닮아가기 위한 디딤돌 같은 거라는 걸.

완벽하게 똑같아질 필요는 없다.

너와 나는 여전히 다르지만, 다름 속에서 조금씩 닮아가는 중이라는 사실이 중요하다.

오히려 지금의 부딪힘과 고민이 언젠가 우리를 더 닮게 만들 것이다.

훗날 우리는 그 시절의 서툴고 고단했던 날들을 돌아보며 웃으며 얘기할 수 있을 것이다.

"그때 참 힘들었는데, 결국 그게 우리를 여기까지 데려왔구나." 하고.

서로 다른 두 사람이 같은 길을 걷는다는 건 결코 당연한 일이 아니다.

그러니 다투어도 괜찮다.

힘들어도 괜찮다.

닮은 듯 닮지 않은 우리.

다르기 때문에 사랑했고,

다르기 때문에 배워가며,

다르기 때문에 닮아가고 있는 우리.

지금의 과정이 내일이면 한층 더 너와 닮을 거라는 생각.

조금씩 닮아가며 만들어지는 지금 이 시간이,

훗날 돌아보면 가장 소중한 흔적이 될 테니까.

울어야 아프지 않다

실컷 소리 내어 울어본 적이 언제였을까.

기억나지 않는 어린 시절을 빼고 나면, 어른이 되고서는 눈물이 점점 드물어진다.

많이 아프고, 힘들 때, 도저히 참기 어려운 순간이 있어도

울면 약해 보일까봐, 주저앉을까 봐 꾹꾹 눌러 참아버린다.

우린 그렇게 배워왔다.

"남자는 울면 안 된다."

"어른이 돼서 우는 건 주책이다."

"울면 올 복도 안 온다."

그런데 우리는,

넘어졌는데 바로 씩씩하게 일어나야만 하는 걸까?

젊다고 아프지 않은 척, 아무렇지 않은 척해야만 하는 걸까?

나이가 들면 눈물이 주책이 되는 걸까?

눈물에는 많은 얼굴이 있다.

이별 후 터져 나오는 하염없는 눈물,

꿈을 이루었을 때 흘러내리는 뜨거운 기쁨의 눈물,

평생 고생하신 부모님께 감사 인사를 드리며 함께 흘리는 따뜻한 눈물,

그리고 아무 이유 없이 쏟아지는, 그저 살아 있다는 증거 같은 눈물까지.

사실 **눈물은 약함이 아니라 살아 있음의 증거다.**

감정이 움직이고 있다는 신호이고, 마음이 여전히 살아 숨 쉰다는 증거다.

그러니 울어도 된다.

어떤 날은 침대에 누워 드라마 한 편을 보며 훌쩍거릴 수도 있다.

어떤 날은 버스 창가에 앉아 흘러가는 풍경과 낯익은 음악 가사를 들으며 흐르는 눈물도 있다.

때론 회사 화장실에서 몰래 눈물을 삼키기도 하고,

친구 앞에서 술잔 부딪치다 결국 터져버리기도 한다.

조용히 베개를 적시는 눈물도 있고,

세상 다 잃은 듯 목 놓아 울어야만 가슴이 풀리는 순간도 있다.

울고 나면 참 이상하다.

숨이 가빠지고 눈이 퉁퉁 부어도, 왠지 마음은 한결 가벼워진다.

울음은 마음속 독소를 흘려보내는 몸의 자연스러운 정화 과정이다.

그 모든 눈물은 우리를 병들지 않게 지켜주는 안전장치 같은 것이다.

참고 견디는 게 용기가 아니라,

울고 싶을 때 울 수 있는 게 오히려 진짜 용기 아닐까.

그러니 울어도 괜찮다.

펑펑 소리 내어 울든,

조용히 눈가를 타고 흐르는 눈물이든.

그것도 내가 살아 있다는 증거이고,

내 마음이 여전히 느끼고 생각하고 있다는 증거이니까.

웃어야 복이 온다는 말도 맞지만,

울 수 있다는 건 이미 복이 있는 삶이다.

3장

내가
나에게로
돌아오는 중

내 마음을 이해하고 지켜내는 방법들

지금 이 순간만큼은 1

나는 못 하면서 남들에게 하는 말 중 하나가 있다.
"한 번뿐인 지금인데 뭐가 두려워요"

살다보면 다양한 상황에서 어려운 결정을 해야 할 순간이
많다.

대부분은 조금 더 안정적이고, 익숙한 결론에 도달할 결
정을 내리곤 한다.

가슴이 떨리고 기대되는 일 앞에서 결과의 두려움과 알
수 없이 떨어지는 자신감으로 평생을 후회할 지도 모를 결
정을 할 때가 종종 있다.

인생은 한 번이고, 지금 이 순간도 인생에서는 한 번뿐이다.

두려워할 마음이 있다면, 도전해서 얻을 성취감을 생각해보자.

어차피 한 번뿐인 인생이라면, 떨리고 기대되는 것에 베팅을 하는 것이 얻는 게 더 많다.

가끔은 그냥,
힘들었던 일들 다 접어두고
"지금 이 순간만" 바라봐도 괜찮다.

후회도 많고, 눈물도 많고,
도망치고 싶던 기억도 있다.
그런데 그걸 끌어안고 가는 게 삶이고 우리들이다.
우린 지금도 그 한복판을 걷는 중이니까.

지금만큼은…
지나간 실수도,

어제의 부족함도,

누구와의 비교도

모두 옆으로 밀어두자.

대신 오늘은 이런 걸 생각해 보자.

내가 이겨낸 순간들에게 "벌써 여기까지 왔잖아!"

하고 싶은 일 하나에 "시작이 반이니까."

나만의 속도로 "천천히 가도 괜찮아."

이루고 싶은 꿈은 "아직 늦지 않았어."

지금 이 순간은

당신의 자존감이 회복되는 작은 쉼표,

인생이 조금은 웃고 싶은 시간,

그리고, 우리가 다시 내일을 꿈꾸기 시작하는 출발점이

될 수 있다.

그러니까, 너무 멀리 보지 말자.

눈앞의 오늘, 딱 이 하루만 잘 살아내도

이미 충분히 잘하고 있는 거니까.

지금 웃을 수 있다면,

그건 다시 달릴 수 있다는 회복 신호이고, 무한한 에너지
가 확실하니까.

자, 우리 이제 다시 시작해볼까?

시작했으니까, 이미 대단한 거야

실패가 두려워 주저할 때가 많다.

결과가 좋지 않으면 나까지 별로인 사람처럼 느껴지기도
한다.

그럴 땐 스스로 묻는다.

'그럼에도 나는 시작했는가?'

그렇다.

망설이던 순간을 지나

용기 내어 한 발을 뗐다는 건

그 자체로 이미 가장 어려운 일을 해낸 것이다.

결과가 아쉬울 수는 있다.

하지만 그 결과가 나의 전부는 아니다.

실패는 가능성의 끝이 아니라,

다시 방향을 잡기 위한 멈춤일 뿐이다.

결과보다 중요한 건 움직이려 했던 마음,

그 하나만으로도 나는

이미 충분히 잘하고 있는 것이다.

넘어진 사람만이 일어설 수 있고,

길을 헤맨 사람만이 진짜 방향을 알게 된다.

오늘은 실패했지만,

내일의 나는

오늘을 지나온 나보다 분명 조금 더 강해 있을 것이다.

반짝이는 찌꺼기들

너와 나눈 말들이
어느새 바닥에 흩어진다.
모든 게 쓰레기가 되어버렸다.

어제의 웃음은
일반 쓰레기봉투 속에서
힘없는 휴지처럼 쓸쓸히 구겨지고,

네가 남긴 눈빛은
재활용함 앞에서
투명한 병처럼 나를 바라본다.

못다 한 말들은

음식물 쓰레기처럼

묵직한 냄새를 풍긴다.

시골집 아궁이에 모두 다 때려 넣고

불태워 버리고 싶은 것도 보인다

그렇다고

모두 다 버릴 필요는 없다.

아팠던 기억은

언젠가 누군가의 어깨를

조용히 다독이는 손이 될 테니까.

서툰 청춘이라 찢어졌지만

그래서 더 반짝인다.

오늘도 나는 조심스레

하나씩 분리하며 살아간다.

버릴 것과 남길 것을

구별하는 법을 배우는 중이다.

조금은 모자라게

다 주려고 했던 게 잘못이었을까

이별 후 남아야 하는 게 있다면

더 잘 해주지 못한 아쉬움이어야 하는데

너에 대한 미움과 증오만 남아 있는 거 같네

내가 너무 많이 원했던 걸까.

너의 옆에서 한 치의 빈틈도 없이 꽉 찬 나로서 자리 잡으려고 했던 건데….

조금씩 천천히 아주 작은 그 빈틈은

어느새 이젠 다시 붙을 수도 없을 먼 너와 나의 사이가 되어버렸네.

너무 많이 확인하려 했던 걸까.

행동도 상황도 그리고 마음도 알고 있었는데,

네가 어딘가 떠날 것만 같은 초조함은 왜 있었던 걸까.

그런 마음이 드는 건 오로지 나의 잘못이었을까

이젠 다 잃고 헤져버린 내 마음이

다시 뭘 주고 원하고 확인할 수 있을까.

조금은 모자라게…

그렇게 할 걸 그랬나봐….

적당하게 미뤄 내고 적절하게 거리 두기

사람이든 사랑이든 붙잡는 게 늘 정답은 아니다.

애쓰는 만큼 무너질 테고, 매달리는 만큼 자존감이 깎일 때가 있기 때문이다.

적당히 미뤄내야 한다.

적당히 미뤄 낸 지금 이 거리만큼이

내 마음을 지킬 수 있는 최소한의 선일 수 있다.

모든 걸 걸지 않아도 된다.

좋은 관계는 애쓰지 않아도 유지되고,

사랑은 힘겹지 않아도 충분히 깊을 수 있다.

거리를 두는 건

상대에게 등을 돌리는 게 아니라,

내가 더 이상 부서지지 않도록 나를 지켜주는 방식이다.

사람도, 사랑도

너무 애쓰며 붙잡지 말자.

내가 덜 아프고, 다시 일어설 힘을 갖는 것이

그 어떤 관계보다 더 중요하다.

그래야 사람도 깊게 사랑도 온전히 길게 할 수 있는

나를 위한 보호법이다.

카톡 읽음 표시가 말하지 못한 것들

카톡엔 우리의 진심이 다 담기지 않는다.

글자 수는 충분한데, 감정의 깊이와 이해는 늘 부족하다.

이모티콘 하나로 감정을 흉내 내고,

짧은 '응'으로 각자의 기온을 찾아내려고 한다.

답이 오지 않으면 마음은 조용히 상처를 만든다.

어쩌면 **우리는 너무 많은 걸**

작은 말풍선 안에 담으려 했는지도 모른다.

대답하지 않아도 알겠지…

하지만 그건 결국 아무 말도 안 한 거였다.

누군가는 '읽고 지나간' 것이고

누군가는 '읽고 머무른' 감정이었다.

다르다는 걸 알았다면, 조금 덜 서운했을까.

말보다 중요한 건, 그 말을 주고받는 사람의 온도다.

카톡은 연결이 아니라 그 연결을 확인하는 방법일 뿐이
니까.

우리는, 여전히 서로를 잘 모른 채

읽음과 침묵 사이에서 진심을 기다린다.

각자의 제 몫이 있다는 걸

누가 잘 되고 있어서 그런 게 아니야.

나는 그냥, 아직 내 차례가 오지 않았을 뿐이야.

괜찮아.

지금 나는 내 몫을 살아내고 있어.

아무도 알아주지 않는 자리를 지키고,

소리 내지 않고도 흔들리는 마음을 다독이며

하루하루를 견디고 있잖아.

이토록 아무 일도 일어나지 않는 것 같은 시간에도

나는 나를 놓지 않고 있으니까.

그게 얼마나 단단하고 기특한 일인지 나는 잘 알아.

당장 눈에 보이지 않아도

이 시간이 나를 어딘가로 데려다줄 걸 알아.

세상에 나의 날도 있다면,

그건 기다린 사람에게만 오는 거야.

그러니까 **오늘도 나의 속도로 조금씩 걸어가.**

각자에겐 각자의 제 몫이 있는 거야.

아직은 부족할지 몰라도 지금은 열심히 해내고 있는 나
에게.

선택의 무게, 그리고 그 후

우리는 살아가면서 수많은 선택과 결정, 그리고 집중이라는 길 위에 선다.

그리고 그 길 위에서 언젠가는 '집중해야 하는 순간'과 '선택해야 하는 순간'을 마주한다. 선택은 언제나 있었고 빛나지만, 그 빛 뒤에는 반드시 그림자가 남는다. 선택받지 못한 다른 것들, 그리고 무엇을 놓쳤는가가 종종 마음에 오래 남기 때문이다.

한때는 그 놓친 것들이 너무나 커서, 선택을 후회한 적도 있었다. 어떤 일이었을 때도 있었고, 사람과의 관계였을 때도 있었고, 그것이 사랑이었을 때도 있었다. 붙잡지 못한

손, 함께하지 못한 순간, 흘려보낸 기회. 시간은 도도히 흐르는데 마음은 자꾸 그 자리에서만 머물곤 한다. **마치 길가에 떨어진 낙엽처럼, 바람은 흘러가는데 나만 멈춰 서 있는 듯한 착각.**

하지만 지나고 보니 알게 된다. 놓쳤던 것들이 모두 잘못된 건 아니었다는 걸. 선택하지 못한 길들이 있었기에 지금의 길을 걸을 수 있었고, 포기했던 순간들이 있었기에 지금의 내가 단단해질 수 있었다는 걸.

어쩌면 인생은 끝없는 교환과 밀당의 연속 같다. 얻는 대신 잃고, 잃는 대신 얻는다. 중요한 건 그 무게를 견뎌내며 끝내 내가 선택한 길을 살아내는 것이다. 지나간 것들을 애틋하게 그리워할 수는 있지만, 그 자리에 붙잡혀서는 앞으로 나아갈 수 없다.

나는 결국 내가 선택한 순간들의 총합으로 존재한다. 후회도, 아쉬움도, 그 모든 감정조차 내가 살아온 증거다. 언젠가 문득 뒤돌아볼 때, 놓쳐버린 것들조차 내 삶을 더 깊고 넓게 만들어준 흔적이었음을 알게 될 것이다.

그래서 이제는 조금 더 담담히 받아들인다. 선택의 무게를. 집중해야 했던 시간들을. 그리고 놓쳐버린 아쉬움까지도. 모든 건 결국 나를 향해 흘러온 삶의 일부였음을 알기에.

생각은 떠났지만, 마음은 떠나지 않아

머리로는 지나갔어.

이건 아니었고,

그 사람도 나랑은 달랐고,

나는 충분히 참았다고 되뇌었지.

스스로를 다독이며

이제 다 안다고

배웠다고

그만하자고

그런데 마음은 아직 거기에 머물러

그 말투,

그날의 공기,

그의 온도와 미세한 표정 하나까지도….

머리는 논리로 끝냈는데

가슴은 감정으로 끝을 못 내.

그래서 또 아프고

또 떠올리고

또 혼자 묻어둬.

하지만 이제 알아.

상처는 잊는 게 아니라

남겨둔 채로 배워야

같은 자리에서 또 무너지지 않는다는 걸.

기억은 지울 수 없어도

그 기억을 대하는 내가 달라지면

다시는 그날로 돌아가지 않겠지.

나는 지금
내가 다시는
나를 무너뜨리지 않기 위한
공부를 하는 중이야.

스트레스 참지 않고 어떻게 하지

스트레스가 쌓인다고? 참지 말자!

마음속 폭풍을 억누르다간 결국 내 뇌가 빵 터진다.

그래서 말하는 거다,

"내 스트레스는 내 방식대로 푼다!"

소리 지르기.

혼자서 "와아악! 야!" 크게 소리 내거나, 차에서 신나게 노래 부르기!

목청껏 외치면 스트레스가 휘 날아간다.

움직이기.

집 주변 한 바퀴 마음 가는 대로 뛸까? 아니면 춤춰도 좋아!

몸을 흔들며 쌓인 긴장과 무거운 기분을 털어내자.

친구와 시원하게 수다 한판 떨기.

답답한 마음, 털어놓고 같이 웃어보자.

가끔은 누군가 내 말에 공감해주는 것만으로도 해결된다.

일기 쓰기.

마음속 답답한 걸 펜으로 내보내기.

쓰다 보면 복잡한 생각이 정리되고 가벼워진다.

작은 소확행 찾기.

시원한 커피 한 잔, 좋아하는 음악 한 곡,

나만의 시간을 만들며 스트레스에서 한 발짝 떨어지기!

참을 필요 없다, 그거 곧 '내 정신의 폭발'이니까!

그래, 세상은 계속 복잡하지만

내 마음만큼은

가볍고 청량하게,

시원하게 펑펑 터뜨려주자!

이 모든 게 가능하다!

다시 상쾌하고 가볍게 날아오르자!

행복은 생각보다 가까이 있었다

비 오는 일요일 오후,
괜히 우울한 기분에 이불 속에만 파묻혀 있었다.
창문에 부딪쳐 들려오는 빗소리가 지루하게 길어졌다.
커튼 너머 희끄무레한 빛이 방 안에 퍼져 있었다.

그러다 문득, 따뜻한 커피가 마시고 싶어졌다.
간단히 물을 끓이고, 머그잔에 커피를 탔다.
젖은 창문을 닦아내고 커튼을 걷었다.
그리고 커피잔을 들고 창가에 앉았다.
생각보다 조용한 순간이었다.

비가 내리고, 커피에서 김이 나고,

나는 아무 말 없이 그저 앉아 있었을 뿐인데.

그 시간이, 이상하게 따뜻했다.

누구도 연락하지 않았고

큰일도 일어나지 않았지만

괜찮았다. 오히려 더 좋았다.

오늘의 행복은

그저 내가 만든 작고 조용한 순간 속에 있었다.

아무 일 없는 일상 속,

아무것도 특별하지 않은 그 순간 안에.

지금은 없어졌지만 기억나는 모든 것

사라졌다고 믿었던 것들이 있었다.

그러나 어느 날엔, 여전히 마음 한편에 선명하게 남아 있는 것들도 있었다.

빛바랜 사진 속 얼굴은 이미 오래전에 바래졌는데,

그 미소는 여전히 내 마음속 한편에 선명하게 떠오른다.

낡은 일기장의 삐뚤빼뚤한 글씨는 종이 위에서 지워지고 있지만,

그 떨림은 손끝에 남아 있다.

보내고 잊었다고 생각한 편지의 잉크는 사라졌지만,
그 문장은 아직도 내 귓가를 울린다.

지워진 카톡, 사라진 SNS 기록,
더 이상 볼 수 없는 그 대화들조차 나의 안에서 비가 되고, 눈이 되고, 가끔은 눈물이 된다.

그리움은 늘 그렇게 의도치 않은 순간에 찾아와 내 일상에 작은 균열을 낸다.
그것이 기쁨이든 아픔이든, 이미 사라진 줄 알았던 것들은 여전히 내 안에서 살아 꿈틀거린다.

기억은 참 이상하다. 없어졌다고 믿을수록 더 짙어진다.
바람이 스쳐 간 자리에도 향기가 남듯, 지나간 순간은 흔적을 남기고, 그 흔적은 점점 투명해지면서도 결코 사라지지 않는다. 가끔은 아득한 안개처럼, 가끔은 선명한 햇살처럼 다가온다.
사막의 별빛이 그러하듯, 지금은 닿을 수 없지만 분명히 존재하는 그 시절의 빛. 그것이 나를 움직이고, 나를 멈추게 하고, 때로는 다시 살아가게 만든다.

　그래서 나는 안다. 모든 것은 사라지지 않는다. 눈물이 되어 흘러도, 웃음으로 번져도, 결국 남아 있는 건 '너'였다는 걸. 지금 여기에 없더라도, 내 마음속 가장 깊은 곳에서 너는 여전히 살아 있다. 사라진 자리의 빈 곳까지 그 무엇으로 채워가며.

대단한 말보다, 조용히 머물러 준 말

"힘들지?"

그 한마디가 그렇게 따뜻할 줄 몰랐다.

대단한 격려도 아니었고, 정답 같은 조언도 없었다.

그냥, 내 마음의 무게를 같이 들어준 말이었다.

우리는 때때로 거창한 위로를 꿈꾼다.

불안한 밤을 환하게 비추는 빛 같은 말,

모든 문제를 해결해 줄 해결책 같은 조언.

하지만 막상 가장 마음에 오래 남는 건,

"괜찮아", "네 잘못 아니야.", "지금 그 마음 이해해"

같은 단순하고 다정한 말이다.

사소해서 더 깊이 스며든다.

크게 떠들지 않고도, 가만히 어깨를 두드리듯 전해지는 말.
그 작은 위로 하나가, 넘어지려는 나를 멈춰 세운다.

누군가의 하루에, 조용한 숨 같은 말을 해주자.
많은 걸 바꾸진 못하더라도,
작은 숨구멍 하나는 만들어 줄 수 있을 테니까.
사소한 위로, 그것만으로도 충분할 수 있으니까.
그리고 그 사람은 그 따뜻함을 오래오래 기억할지도 모르
니까.

퇴근길, 술 한잔 후

오늘도 고단했다.
딱히 큰일이 있었던 건 아닌데,
하루가 유난히 길었다.

집 근처 익숙한 술집에 앉아
혼자 소주 한 병을 시켰다.
혼자 술 마시기는 어려운 일이었는데….

안주는 뭐든 괜찮았다.
사실은 조용히 마시고 씹을 시간과
생각을 정리할 공간이 필요했으니까.

한 모금, 또 한 모금.

속이 따뜻해지기 시작하면서 마음이 조금 풀렸다.

모두가 집으로 향하는 시간,

나는 비로소 오늘을 멈추고 있었다.

퇴근길, 익숙한 골목을 천천히 걸었다.

조금 취기가 올라, 가로등 불빛이 번졌다.

오늘도 참 애썼다 싶었다.

혼자 술잔을 기울인 것도,

괜히 위로받고 싶어서였을 거다.

행복이 꼭 활짝 웃는 얼굴일 필요는 없다는 걸.

오늘 알게 됐다.

혼자 있는 시간 속에서도 나를 위로하며

다시 살아갈 이유를 만들어낸다.

소박한 다짐이, 오늘의 작은 행복이었다.

바짝 잘 말려야 해

빨래한 것들은 바짝 잘 말려야 한다.

그렇지 않으면 냄새가 나고, 반쯤 마른 채로 옷장을 채운 것들은 퀴퀴한 냄새가 배어 오래가지 못한다. 다시 입을 때 불편하다.

마음의 아픔도 그렇다.

겉으로는 괜찮은 척 덮어두면 남은 습기가 상처를 더 깊게 만든다. 그러다 보면 이유 없이 마음이 무거워지고, 나도 모르게 스스로를 힘들게 한다.

아픔을 잊으라는 건 아니다.

빨래를 말려도 얼룩은 남듯, 상처도 흔적은 남는다. 다만 그 흔적이 더 이상 젖어 있지 않게 하는 게 중요하다. **바짝 말려 햇살 냄새가 스미면 옷이 편안하듯, 마음도 그렇게 단단해진다.**

이별의 아픔이든, 실패의 좌절이든, 결국은 말려내야 한다. 시간이 필요하고, 햇살 같은 따뜻한 마음이 필요하다. 그렇게 잘 말린 기억과 추억은 더 이상 나를 아프게 하지 않고, 오히려 내가 견뎌낸 시간을 알려주는 표식이 된다.

빨래를 햇볕에 내놓듯, 나의 마음도 그렇게 한 번쯤 환히 내어놓자.

그래야 다시 새 옷을 입은 기분으로 하루를 시작할 수 있다.

사람은 싫었다. 그런데 배울 게 있었다

살다 보면 꼭 이런 사람이 있다.

말은 툭툭 내뱉는데 핵심을 찌르고,

감정은 드러내지 않는데 의도는 분명하며,

상황이 꼬여도 얼굴색 하나 안 바뀌는 사람.

솔직히, 성격은 내 스타일이 아니다. 재수 없다.

확~씨! 한 대 쥐어박고 싶은 사람.

무뚝뚝하고, 거리감 아주 많이 있고, 따뜻함은 조금도
없다.

그런데 그런 사람에게서 배울 게 있었다.

그 사람이 평정심을 지키는 모습은 누구보다 멋있고,

그 사람이 일하는 방식은 생각보다 체계적이고,

그 사람이 말하는 논리는 감정보다 명확하다.

"나는 저렇게 못 살아"라고 생각하면서도

어느 순간 나도 모르게 그를 따라 하고 있다.

왜냐하면, 그 사람에게는 내가 갖고 싶은 어떤 힘이 있기

때문이다.

좋은 사람만이 좋은 스승은 아니다.

우리는 종종 "저 사람은 성격이 별로야" 하며 사람 전체

를 판단하고는 금방 거리를 둬버린다.

마음이 맞는 사람을 좋아하고 성격이 잘 맞는 사람에게

만 애정을 쏟는다.

그런데, 재수 없는 그 사람이 내 친구가 될 필요는 없지만,

그 사람의 한 구절, 한 자세는 내 삶에 꼭 필요한 조각이

될 수 있다.

사람을 통해 배운다는 건 내가 아직 자란다는 뜻이다.

배운다는 건, '좋아서' 배우는 게 아니라 '필요해서' 배우는 거다.

사람은 미울 수 있다.

그러나 그 사람에게서 배운 태도나 자세는 내 삶의 질을 상당히 변화시킬 수 있다.

"저 사람으로부터 배운 게 있다면, 지혜를 얻은 내가 이득을 본 거다."

사람이 교과서가 되고, 사람이 거울이 되고, 사람이 내 스승이 되는 순간들.

그걸 지나치지 않고 내 걸로 만드는 사람은 시간이 갈수록 깊어지고 단단해진다.

나이가 들수록 그런 사람은 드물어지고, 그런 태도는 귀해진다.

생각은 가끔 메모하기

기억은 흐려지지만, 메모는 남는다.
좋은 생각도, 번뜩이는 아이디어도
기록하지 않으면 그냥 사라진다.
'언젠가 써먹어야지' 하며 흘려보내는 순간,
그 생각은 다시는 돌아오지 않는다.

메모는 생각을 붙잡는 그물이고,
말보다 강한 흔적이다.
머릿속에만 있는 생각은 환상일 뿐,
적어야 현실이 된다.

메모는 작지만,

당신의 미래를 바꾸는 첫 행동이다.

생각났을 때 쓰지 않으면 잊고 나서 후회하게 된다.

가벼운 하루, 마음을 다잡는 순간들

요즘 왜 이렇게 마음이 무거울까.

아무 일 없는데도 숨이 막혀.

그래서 그냥 걸었어.

속도도 목적지도 없이

조금 천천히, 길과 함께 나를 따라.

길가에 핀 꽃 하나

괜히 눈에 밟히는 거 있지.

지나치면서 한숨도 같이 떨어냈어.

좋아하는 노래를 들었어.
가사가 꼭 내 마음 같더라.
노래가 나 대신 울어주는 것 같았어.

작은 간식 하나 샀어.
별것 아닌데, 그거 하나로 위로받는 기분.
"이 정도쯤은 내가 나에게 줄 수 있지" 싶더라.

따뜻한 차 한 잔.
입 안보다 마음이 먼저 녹았어.
괜찮아질지도 몰라, 문득 그렇게 생각했어.

하루를 무사히 넘겼다는 사실
그걸로도 충분히 대단한 나야.
오늘도, 잘했어.

옆의 너와 나는 이런 사람이 되길

우리는 누군가의 **말 한마디, 행동 하나에 너무 쉽게 결론을 내릴 때가 있다.**

"쟤는 원래 그런 사람이야."

"또 저래. 달라질 리 없지."

그 말들 속에는 빠른 판단과 단정, 그리고 때론 의심이 들어 있다.

하지만 사실은, **누군가가 무언가를 바꾸려 애쓴다는 건 그 자체만으로도 큰 용기고 긴 여정일 것이다.** 말을 꺼내는 것조차 몇 날 며칠을 망설였을지도 모른다.

다짐하기까지, 결심하기까지….

얼마나 많은 생각과 불안, 두려움을 껴안고 있었는지 그 속을 다 알 수는 없다.

그러니 누군가가 변화하려는 의지를 보일 때, 그저 조용히 지켜봐주는 것도 큰 응원이 된다.

잘하라고 다그치지 않아도 괜찮다.
똑같은 실수를 반복한다고 한숨 쉬지 않아도 된다.
우리는 모두 어딘가 조금씩 서툴고, 한 번에 바뀌지 못하는 존재니까.

사람마다 속도도 다르다.
어떤 사람은 단번에 해내지만, 어떤 사람은 넘어지고 다시 일어나기를 반복해야 한다.
그건 실패가 아니라, 자신만의 속도와 리듬을 찾는 과정이다.
때로는 그 느림이, 더 단단한 내면을 만들어줄지도 모른다.

누군가 실수했을 때, 그걸 곧장 지적하기보단

"괜찮아, 다시 해보자."라고 말해주는 사람이 사실은 세상에서 가장 따뜻한 사람이다.

지켜봐 주는 사람, 기다려주는 사람, 그런 사람이 있다는 건 큰 힘이 된다.
혼자였으면 포기했을 마음도, 누군가 곁에 있기 때문에 다시 붙잡을 수 있는 경우가 많기 때문이다.

누구나 부족하고, 살면서 수없이 다짐하고 수없이 흔들린다.
그게 인간이라는 존재의 자연스러운 모습이다.
그러니 조금은 너그러워지자.
나에게도, 그리고 누군가에게도.

조금 늦어도 괜찮다.
잠시 멈췄다 다시 가도 괜찮다.
그 길 끝에는, 변화를 만들어낸 당신이 조금 더 나다워진 얼굴로 서 있을 거니까.

그러니,

지금 누군가가 용기를 내고 있다면 말없이 지켜봐 주자.

응원은 때때로 침묵의 온도로도 충분하니까.

계절과 마주칠 너에게

봄, 벚꽃이 피고 비가 내리는 날

봄은 꽃으로 말을 거는 계절이야.

벚꽃이 바람에 날리고, 라일락 향이 골목을 채우면

이유 없이 마음이 말랑해지지.

어느 날은 봄비가 내려

우산도 없이 걷다 보면,

괜히 지난 기억들이 함께 젖기도 해.

그럴 때 봄은 이렇게 말하지.

'이렇게 예쁜 날, 너는 충분히 괜찮다'고.

그 말을 듣고 나면

마음 한편에서 새싹처럼 용기가 돋아나.

여름, 푸른 바다와 뜨거운 태양 아래

여름은 숨김이 없는 계절이야.

하늘은 푸르고, 바다는 정직하게 출렁이지.

복숭아와 수박처럼

잘 익은 감정들도 쉽게 터지고,

때로는 소나기처럼 서러운 일도 쏟아지지.

그 안에 있는 너도 누군가에겐 맑고 뜨거운 사람일 거야.

이 계절이 무덥다고 지우지 마.

여름의 너는

반짝이는 태양 아래

가장 너답게 빛나고 있어.

가을, 노을이 지고 감이 익는 저녁

가을은 낮보다 저녁이 아름다운 계절이야.

햇살이 주황빛으로 물들면

노을 아래 오래된 마음들이 떠오르지.

코끝에 감도는 귤과 감,

바삭하게 떨어진 낙엽 위를 걷다 보면

문득, 조용한 외로움도 따뜻하게 느껴져.

그건 너의 마음이

조금 더 단단해졌다는 증거야.

익어가는 시간 속에서

지금의 너도 잘 자라고 있는 거야.

겨울, 눈 내리고 달빛이 비치는 밤

겨울은 모든 게 잠드는 계절이야.

새하얀 눈은 말 대신 마음을 덮어주고,

밤하늘의 달빛은 차가운 창가에 조용히 안부를 비추지.

귤 하나 까서 천천히 먹다 보면

눈물도 꿀처럼 달콤해지는 날이 있어.

그래, 지금은 아무것도 안 해도 괜찮아.

겨울은 쉬어도 되는 계절이니까.

너의 마음이 따뜻해지는 순간을

이 계절이 다 기억하고 있어.

봄의 말랑한 숨결도,

여름의 뜨거운 마음도,

가을의 익어가는 감정도,

겨울의 잠들어 있는 온기도.

지금의 너를 만들기 위해 지나온 순간들이었던 거야.

그러니 조급해하지 않아도 괜찮아.

계절은 늘 돌고 돌아

다시 너에게로 올거야.

네가 어느 계절에 서 있든,

그 자리에서 충분히 아름다울 수 있도록.

행운과 행복 찾기

이런 말 있잖아요.

행운을 쫓다가 행복을 잊는다고.

행운을 쫓아다니지 마세요.

행운을 쫓다가 당신 옆에 있는 행복을 잊을 수 있어요.

행복을 찾으세요.

행운은 행복한 당신이어야 생길 수 있어요.

거짓말과 자존감

모르는 것을 아는 척 하지 말자

아는 척 하다 보면 거짓말이 붙게 되고 거짓말이 붙을수록 신뢰는 사라진다

모른다고 해서 무시당하는 느낌이 든다고 자존감이 사라지진 않는다.

자존감을 잃는 것보다 신뢰가 사라진 당신은 최악이다. 모른다고 말하고 알려달라고 할 때 신뢰감은 물론 자존감도 생기게 된다.

모른다고 말하고 알려달라고 하는 것이 가장 쉽고 편한 일이다.

부끄럽고 창피한 일은 모르는 것을 아는 척하는 것이다.

4장

천천히
단단해지는
마음

성장, 기준, 태도에 대한 조용한 질문들

가끔 하늘 올려다보기

힘들고 지칠 땐 몸이 먼저 반응한다.

고개가 숙여지고,

어깨가 굽고,

시선은 자꾸 바닥만 본다.

그 땅 위엔

피곤한 얼굴들이 있고,

쌓여가는 할 일들이 있고,

가끔은 도망치고 싶은 현실도 있다.

그럴 땐 **조금만 힘을 내서 고개를 들어보자.**

하늘을 바라보는 일은 생각보다 강한 위로가 되니까.

푸른 하늘,

그 안에 둥둥 떠 있는 흰 구름,

저 멀리 날아가는 새 한 마리,

햇빛을 반사하는 창들,

지나가는 비행기.

그 모든 것이 말없이 말해 준다.

"넌 지금 이 안에 갇혀 있지만, 세상은 훨씬 넓고, 하늘은

여전히 열려 있다고."

하늘은

날 혼내지도 않고,

조언하지도 않고,

묵묵히 나를 받아주는 유일한 공간이다.

눈물이 맺히더라도 괜찮고,

숨이 막혀도 잠깐 쉬어가라고 햇살을 건넨다.

우리는 자꾸 아래를 보고 산다.

현실은 늘 아래에 있으니까.

하지만 **희망은 늘 위에 있다.**

어디든 닿을 수 있을 것 같은 하늘 위에.
그러니 가끔은 의식적으로 고개를 들어보자.

하늘은
늘 그 자리에 있고,
그곳을 바라보는 나 역시 조금은 괜찮아질 수 있다.
오늘도 힘들다면, 잠깐 하늘을 보자.
그건 도망이 아니라, 나를 되찾는 일이다.

핸드폰에서 눈을 떼고 보면

온종일 엄지손가락만 바쁘다.

온종일 눈은 화면에 갇혀 있다.

우리 손에 쥐어진 건 작은 사각형 화면.

그 안에서 모든 걸 하고, 모든 감정을 소비하고, 모든 시간을 흘려보낸다.

SNS 속엔 웃는 얼굴, 눈부신 배경, 완벽한 일상.

게임 속엔 잠시나마 현실을 잊게 해주는 자극.

영상 속엔 남의 이야기지만, 이제는 내 감정처럼 울고 웃게 되는 무언가.

그렇게 우리는 오늘의 하늘이 어떤 색이었는지,
따뜻한 햇볕이 스쳤는지, 누가 나를 스쳐 지나갔는지조
차도 기억하지 못한 채 하루를 넘긴다.

잠깐,
정말 잠깐만 핸드폰에서 눈을 떼어보자.

커피잔에 맺힌 김,
바람에 흔들리는 나뭇잎,
지나가는 사람들의 표정,
우연히 마주치는 눈빛,
귀여운 강아지와 푸른 하늘,
그리고
아무 이유 없이 웃음이 나는 순간들.
그건 오직
'내가 눈을 들었을 때'만 볼 수 있는 것들이다.

우리의 온도는 화면 너머가 아니라 바로 곁에 있다.

행복의 시작은 '좋아요' 개수가 아니라

지금 이 순간을 내 눈으로 직접 느끼는 일이다.

우린 어쩌면,

삶을 '보는' 게 아니라 '스크롤'하고 있는 건 아닐까?

핸드폰은 내려놓아도 소중한 건 사라지지 않는다.

오히려 그때 비로소

진짜 나와 내 곁의 삶이 선명하게 보이기 시작한다.

행복의 시작은 '좋아요' 개수가 아니라

완벽하지 않은 것에 감사하기

완벽한 날은 좀처럼 오지 않았다.

계획은 흐트러지고, 말은 덜 이성적이었고, 마음은 자꾸 휘청거렸다.

하지만 그 덜컹거림과 어수선함 후엔

내가 아직 배울 것이 많다는 걸 느끼고,

누군가의 손을 빌릴 수 있다는 걸 알았고,

마음을 내어줄 수도 있다는 걸 깨달았다.

모자란 오늘 덕분에

내일을 기대할 수 있는 마음이 생겼고,

조금 서툴렀던 순간들이

나를 더 부드럽고 유연하게 만들 수 있는 계기가 되었다.

완벽하면 멈춘다.

모자람은 가능성을 품는다.

그러니까 괜찮다.

아직 못 이룬 꿈도,

아직 다 아물지 않은 상처도,

아직 서툰 마음도.

완전하지 않은 삶,

그래서 더 따뜻하고,

그래서 더 진짜다.

힘들었던 월들아

1월, 시작이 서툴러도

계획을 다 지키지 못해도 괜찮아.

시작은 늘 어설프고 조심스럽잖아.

중요한 건, 너는 벌써 마음을 먹었다는 거야.

3월, 새로운 길 앞에서

모두가 다 잘하는 것 같아도

속은 다들 두근거리고 흔들려.

너는 지금 충분히 잘 해내고 있어.

아직 조금 모자란 너, 그래서 더 기대돼.

7월, 지치고 무기력한 날들

여름은, 숨이 막히고 무기력하지.

어떤 감정도 시원하지 않을 때가 있어.

그럴 땐 아무것도 하지 않아도 괜찮아.

살아내는 것만으로도, 이 계절을 통과하는 거야.

10월, 뒤돌아보며

올해가 벌써 얼마 남지 않았다고,

지금껏 뭐했냐고 자책하지 마.

완벽하지 않았지만,

네 방식대로 잘 살아왔잖아.

그 모자람조차 네가 지나온 계절의 일부야.

12월, 끝과 시작 사이

올해도 빈틈이 많았지.

하지만 그 사이로 따뜻한 순간들이 있었기도 해.

고맙고, 수고했고,

또 한 해를 채운 너를 꼭 안아주고 싶어.

다름이 틀림이 아니길

우리는 종종 비교 속에 살아간다.

그가 이룬 걸 보며 나는 왜 이 정도일까 자책하고,

그의 말투, 여유, 남들의 웃음까지도

나의 그것과 나란히 놓고 저울질한다.

하지만 생각해보면 우리는

태어난 시간도, 걷기 시작한 순간도,

처음 넘어졌던 이유도 모두 달랐다.

그런데 어쩌다 우리는 같은 속도로

같은 방향으로 살아가야 한다고 믿게 되었을까.

누군가는 빨리 뛰지만 그만큼 자주 숨이 차고,

누군가는 천천히 걸어도 오래 멀리 간다.

속도는 선택이고, 비교는 착각일 뿐이다.

다름은 틀림이 아니라, 각자의 고유함이다.

서로를 다르게 이해하는 건 당연한 일이다.

우리는 오해 속에서도 믿음을 택해야 한다.

사람과 사람 사이에 꼭 필요한 건

속도를 맞추는 게 아니라, 기다려주는 마음이다.

조금 느려도 괜찮고, 잠깐 멈춰도 괜찮다.

중요한 건 계속 '당신답게' 가고 있다는 사실이니까.

남과 비교하지 말자. 넌 너고, 나는 나니까!

우리는 다르고, 그래서 더 사는 재미가 있는 거라 믿는다.

마음은 가난하게 하지 않기

요즘 나는,

말을 꺼내기 전부터 지레 미안해지고,

웃고 있다가도 동시에 슬픔이 깔린다.

직장에서도, 연인 사이에서도,

친구 앞에서도, 가족 앞에서도

내가 너무 별것 아닐까 봐 걱정된다.

눈치 보느라 다리가 아프고,

속마음을 꾹꾹 눌러 담느라 가슴이 너무 꽉 막혀 버렸다.

그렇게 하루하루를 넘기다 보니

나는 어쩌다, 나를 미워하게 되었다.

'난 왜 이럴까?'

'왜 다들 나보다 잘해 보이지?'

그 질문은 꼭 마음을 한 번 더 찌른다.

그리고 나는 더 작아지고, 더 어두워진다.

떨어진 자존감은 땅 위에 머물지 않고 마치 땅속에 묻어진 거 같다.

마음을 다잡는다.

내 안엔 아직 따뜻함이 살아 있을 것이다.

마음이 무너졌다면, 마음부터 다시 일으켜야 한다.

스펙보다 마음이 먼저고, 성과보다 살아 있음이 먼저다.

사람들의 시선보다 내가 나를 어떻게 보느냐가 훨씬 더 중요하다.

그래서,

마음만은 가난하지 않았으면 좋겠다.

비록 오늘 못 웃었어도,

오늘 실패했어도,

오늘 혼자여도,

나는 그렇게 하기로 했다.

마음이 가난하지 않기로 했다.

나의 마음도 함께 저장된 그 순간들

가끔 핸드폰 사진첩을 열어본다.

별 의미 없이 스쳐 넘긴 날들,

생각보다 꽤 많은 순간이 그곳에 남아 있다.

웃고 있었고, 사랑했고,

그리고 무엇보다 열심히 살고 있었다.

그땐 몰랐다.

사진 속 그 미소가 얼마나 소중한지.

지금 보면 어색하게 찍힌 셀카조차

당시엔 누군가에게 보내고픈 설렘이었고,

흔들린 영상 속에도

그 날의 공기와 온도가 담겨 있다.

추억은 자주 열어봐야 따뜻해진다.
정리만 하지 말고, 느껴야 한다.
그때의 감정, 그때 곁에 있던 사람들,
그때의 나는 어떤 모습이었는지 추억해 보자.

잊지 말자.
그때의 사진 속 나는
오늘의 내가 힘들 때
작은 위로가 되어주기 위해
사진첩이라는 곳에 남아 있는 거니까.

사람을 지운다는 건

사람을 정리하는 건,

이불을 정리하듯 부드럽고 온화한 일이 아니다.

붙잡고 있던 대화, 메시지, 기억,

그 모든 걸 지워내는 건 쉽지 않다.

하지만 더는 나를 갉아먹게 둘 수는 없다.

그 사람이 나를 스쳐 간 것처럼,

이젠 나도 무심하게 등을 돌려야 할 차례다.

잘 지내라는 인사도,

혹시 언젠가 다시 보자는 여지도 두지 않아야 한다.

차갑게, 확실하게,

흔적을 남기지 않는 것이 서로를 위한 마지막 배려니까.

지워진다고 잊히는 건 아니지만,

기억에 더 머물게 둘 필요는 없다.

사람과의 어떤 관계도 잘못된 거라면 어느 순간엔 짐이 될 것이 분명하다.

그걸 알게 되었다면, 미련 없이 내려놓는 것도 용기다.

이건 냉정함이 아니라 내가 더 잘 살아갈 수 있는 자양분이 될 것이 확실하다.

적을 만들지 않기

세상을 살다 보면, 우리는 참 많은 사람과 얽히고 부딪힌다.

연인과의 이별, 직장 상사와의 갈등, 친구와의 다툼, 이웃과의 오해…

그 순간엔 감정이 솟구치고, 한마디 더 하고 싶고, 완전히 등을 돌리고 싶다.

하지만 우리는 생각보다 자주, 그들과 다시 마주치게 된다.

지금은 끝이라 생각한 사람과도
뜻밖의 자리에서, 예상 못 한 상황에서
"오랜만이야"를 말하게 되는 날이 온다.

그러니 너무 날카로운 말로 상처를 남기지 말자.
감정에 휩쓸려 적을 만들지 말자.

싸움의 끝은 이기는 게 아니라
덜 부끄러운 사람이 되는 것일지도 모른다.
세상은 좁고, 우리는 생각보다 약하다.
누군가의 흉보다 조용히 품위 있게 돌아선 뒷모습이
나를 더 단단하게 만든다.

참는 게 아니라, 버려두는 것이다.
이기려는 게 아니라, 지키는 것이다.

다시 마주칠 그날의 나를 위해.

진짜 실력은 조용하다

주변엔 실력 좋은 사람들이 많다.

빠르게 해결하고, 정확하게 짚어내고, 똑똑한 말로 사람들을 설득하기도 한다.

그 모습은 멋지다. 인정받을 만하고, 부러울 만하다.

하지만 너무 자주 '나 잘해'라고 말하는 사람은 가깝게 지내고 싶지 않다.

정작 그 사람의 실력보다 태도가 기억에 오래 남기 때문이다.

참 안타까운 일이다.

실력이라는 건, 드러날수록 조용해야 더 빛난다.

진짜 실력자는 아는 걸 뽐내지 않고, 모르는 걸 두려워하지 않는다.

자만하지 않고 더 배우려 하고, 잘하는 것에 안주하지 않는다.

왜냐하면 실력은 하루아침에 완성되지 않고, 언제든 부족할 수 있다는 것을 알고 있기 때문이다.

'원숭이도 나무에서 떨어진다'는 말은 실력자에게 가장 중요한 경고이자 다짐이다. 누구든 실수할 수 있고, 누구든 다시 배워야 할 순간이 올 수 있다는 말이다.

진정한 실력자는 겸손과 예의를 갖추고 있다.

자신만의 리듬을 지키면서도 타인의 속도도 존중한다.

그런 사람이 주변에 있으면 사람들은 편안해지고, 함께하고 싶어진다.

실력은 성과를 만들지만, 겸손은 사람을 만든다.

오늘도 우리는 나아간다.

잘하고 싶은 마음도, 인정받고 싶은 욕심도 충분하다.

하지만 자만은 결국 스스로 깎아버리는 날 선 칼이 된다.

조용하지만 단단하게.

진짜 실력자는 그걸 안다.

그리고 계속해서 '나'를 넘어서려고 한다.

나를 위한 생각 순서

요즘 들어 부쩍 예민해졌다는 말을 듣는다.

내가 그런가 싶어 또 한참을 돌아봤다.

별 일도 아닌데 상처받고, 말 한마디에도 기분이 푹 꺼지는 날들이 있다.

머리엔 온갖 걱정과 고민, 불안이 가득하다.

감정이라는 건 억지로 눌러둔다고 사라지지 않는다.

어쩌면 '화난다'고 느꼈던 그 순간,

정작 내 안에 있던 감정은 서운함, 외로움, 혹은 나를 못 믿겠다는 불안이었을지도 모른다.

생각은 머리에만 있었고, 감정은 가슴에서 울고 있었다.

우리는 가끔, 머리와 마음의 언어가 다르단 걸 잊고 산다.

또 어느 날은,
다가오지도 않은 일에 벌써부터 불안해지고 있었다.
두 달 뒤 있을 시험, 직장에서의 평가, 친구들과의 모임,
아직 오지 않은 미래를 붙잡고 오늘의 마음을 갉아먹는다.
그러다 보면 정작 지금 당장 할 수 있는 일은 미뤄지고,
불안만 더 자란다.

그럴 땐 생각한다.
'지금 내가 바꿀 수 있는 건 뭘까?'
'오늘 하루만 잘해보자.'
그 단순한 기준이 때로는 마음을 구해준다.
불확실한 미래보다, 확실한 오늘을 먼저 챙기자.
내일의 나는, 오늘의 내가 만든다.

그리고 한 가지 더.
이 모든 상황의 원인을 내 탓으로만 돌리지 않아야 한다.
일이 엉키고, 감정이 흔들리는 날에는

'내가 부족해서'라는 말부터 꺼내지 말자.

그건 상황 탓일 수도 있고,

내가 컨트롤할 수 없는 요소였을 수도 있다.

내가 나를 아껴주지 않으면,

누구도 온전히 지켜주지 못한다.

무너지는 생각보다,

지금의 마음 하나를 먼저 붙잡는 게

어쩌면 진짜 '나를 위한 생각 순서'일지도 모르니까.

믿음이라는 이름의 귀신

가끔 사람들은 묻는다.
"너, 귀신 믿어?"
사실 난 가끔 귀신의 존재를 믿는다.

내가 아프고 너무 힘들었던 울음을 꾹 참고 돌아선 그
밤, 누군가 내 어깨를 '톡' 하고 건드리며 살짝 위로를 주었
던 그날, 사람이 아니었다면 아마 귀신쯤 되지 않았을까?

우린 대부분 귀신을 '나쁜 것', '무서운 것'이라 부른다.
하지만 옛 이야기 속 귀신은 꼭 그렇지 않았다.
그저 억울한 사연을 품은 망자, 사랑을 잊지 못해 머무는

영혼, 위험을 막아주는 집 지킴이. 각자의 사연과 임무가
다를 뿐.

나는 종종 나를 지켜주는 귀신이 있을 거라는 생각을 한다.

"도깨비 방망이"처럼 겁주는 존재이기도 하고,

도와주는 존재이기도 한 귀신.

겉으론 무섭지만, 사실은 말이 없는 수호자 하나쯤 곁에
있을 거라고.

미신이라고 해도 좋다.

설화의 한 페이지일 뿐이라고 해도 상관없다.

믿음이란 건, 누가 아니라 내가 살아가기 위해 필요한 것
이니까.

세상엔 설명되지 않는 일들이 많다.

그걸 다 과학으로 풀 수 있다면 우리는 벌써 신이 되었을
지도 모른다.

그러니 나는 믿는다.

밤마다 눈을 감고, 무언가에 빌고, 지금 여기까지 무사히
온 것 역시 누군가의 보이지 않는 손길 덕분이라고.

귀신은 무섭지 않다.

진짜 무서운 건,

아무것도 믿지 못하는 내 마음이니까.

결혼식장보다는 장례식장에 가는 이유

기쁜 날보다

슬픈 날에 함께 있어 주는 사람이

더 오래 기억된다.

결혼식장보다 장례식장을 먼저 찾는 이유는,

단지 예의 때문만은 아니다.

즐거움은 초대할 수 있지만,

슬픔은 불러서 오지 않고 갑자기 찾아오기 때문이다.

준비되지 않은 슬픔은 아무런 대비를 할 수 없다.

기쁨은 많을수록 좋지만

슬픔은 나눌수록 견딜 수 있다.

어떤 위로도 그 순간의 아픔을 덜어주지 못한다는 걸 우
린 잘 안다.
하지만 말없이 앉아 함께 고개를 숙여주는 사람,
묵묵히 조문록에 이름을 남기고 돌아가는 사람.
그들의 존재는
시간이 지나도 마음 안에 남는다.

기쁜 날은 인생의 꽃이지만, 슬픈 날은 뿌리 같은 것이다.

한 사람의 인생이 끝나는 자리에
그 사람을 사랑했던 이들이 모여
삶을 배우고, 관계를 돌아보고, 자신을 조금 더 겸손하게
만든다.
울음 속에서도 웃음을 참고, 침묵 속에서도 마음을 전할
수 있는 날.
그런 날에
내가 그 자리에 있었다는 사실은
내가 누구의 삶 속에 작은 의미로 머물렀다는 증거가 된다.

나의 뿌리를 찾고 이해할 수 있는 날

결혼식은 화려하지만, 장례식은 깊다.

기억은 반짝이는 순간보다 깊은 마음에 오래 머문다.

그래서 나는,

결혼식장보다 장례식장을 먼저 간다.

한 사람의 끝에,

진심으로 함께 머물기 위해서.

말이 아닌 마음으로, 요령이 아닌 땀으로

요즘은 뭐든 빠르게 알고 싶어 한다.

검색 몇 번이면 지식이 줄줄 나오고, 요약 영상만으로도 무언가를 안 것처럼 느낀다.

하지만 귀로 듣는 건 잠깐의 착각일 뿐, 마음으로 새기지 않으면 남지 않는다.

진짜 배움은, 글로 쓰고, 손으로 외우고, 직접 부딪혀 본 것만이 남는다.

가끔은 누군가의 '한마디'가 지혜처럼 들릴 때도 있다.

"이렇게 하면 된다더라", "그냥 저렇게 넘어가면 되지."

요령이 많고, 편법이 넘친다.

하지만 돌아보면 가장 오래 남는 건 돌아서 온 길이었다.

낑낑대며 끙끙거리고, 밤새워 애쓴 그 시간이 결국은 내 것이 된다.

손에 쥔 결과는 조금 늦게 오더라도, 그건 행운이 아니라 노력의 적금이다.

얕은 지식은 쉽게 휘둘리고, 쉽게 지워진다.

지름길이 있다고 해도, 돌아가는 길이 더 단단하다.

모르는 걸 모른다고 인정하고, 알고 싶다고 겸손해지는 사람.

그런 사람이 결국 가장 멀리 간다.

쉽게 얻은 이익은 쉽게 사라지고, 운 좋게 온 기회는 다음에 다시 오지 않는다.

반면, 천천히 쌓은 신뢰와 성장은 누구도 흔들 수 없다.

그래서 우리는 귀로만 배우지 않았으면 좋겠다.

요령보다도, 조용히 노력하는 사람으로 남았으면 좋겠다.

시간이 걸려도 꿀맛 같은 결과는, 그 끝에 반드시 있다.

자존감이라는 단어를 의심한다

자존감이 뭐라고.

그게 뭐라고, 오늘 하루를 망치게 만들지.

누가 한마디 했다고 마음이 철렁하고, 거울 속 내 모습이 괜히 초라해 보인다.

잘하고 있어도, 괜찮아도, 그냥 아닌 것 같아서.

자존감이라는 단어는 크고 무거운 갑옷 같아서

한 번 찢어지면 스스로 다시 꿰매야만 한다.

근데 너무 자주 찢어지고 깨진다.

다른 누군가의 시선, 반응, 결과 하나에 덜컥 부서진다.

어쩌면, 자존감은 실체가 없는 허상일지도 모른다.

내가 정한 게 아니라, 세상이 만든 것.

비교, 순위, 속도, 결과….

내가 아닌 누군가의 기준으로 정해진 값.

그래서 우리는 매일 그 '점수'에 휘둘린다.

낮게 나오면 내가 모자란 사람 같고,

조금 높아지면 또 금세 무너질까 불안하다.

자존감이 도대체 뭐길래?

그까짓 거!

잠깐 내려놓고, 묻자.

진짜 나는 어떤 사람이지?

남들이 뭐라 하든, 나는 어떤 마음으로 살아가고 있지?

그까짓 거!

조금 느리면 어때!

조금 부족하면 어때!

자꾸 뭘 채우려 하지 말고,

먼저 헛된 기대와 타인의 시선부터 치워버리자.

버리고 치운 뒤 알게 되는 것.

아무것도 아니었던 것에 그렇게 휘둘렸구나, 하는 감정이면 좋겠다.

그런 다음 다시 채우자.

작지만 꾸준한 한 걸음.

실수해도 다시 해보자는 마음.

있는 그대로의 나를 좋아하려는 용기.

자존감이란 건 결국 마음이 만든 무늬이고,

내가 나를 얼마나 아껴주는가의 기록이니까.

오늘은 그냥,

"나는 괜찮은 사람이야" 하고 혼잣말이라도 해보자.

영웅의 길

세상에 나는 외톨이라는 생각

혼자여서 외롭다는 생각

그래서 좌절하고 포기할지도 모르는 인생이 있다.

혼자라고 외롭다고 좌절할 필요가 없다.

우리가 아는 세상의 영웅들은 늘 혼자였다.

영웅은 항상 혼자 다닌다.

악당은 항상 무리 지어 다닌다.

악당들은 무리 지어 다니지만 서로를 믿지 않고 의심하며 초조한 하루를 보낸다.

영웅은 충만한 의지와 자신감으로 살기 때문에 혼자여도 외롭지 않다.

지금 잠시 혼자일 뿐 주위의 많은 사람이 격려하고 의지하는 게 영웅이다.

우리는 모두 영웅이 될 수 있다.

지금의 모습이 내 모습이 아닐 수 있다.

외톨이라는 생각, 외롭다는 생각은 어쩌면 점점 영웅이 되어가고 있는 것인지도 모른다.

나는 영웅이 되어 살아갈 것이다.

이런 손절이 필요해

착하고 소심한 사람이 있다. 이 사람과는 어느 정도 관계를 유지 할 수 있다.

이기적이고 고지식한 사람이 있다. 이 사람과는 처음부터 엮이기 싫다.

그런데, 신기하게도 착하고 소심한 사람 주위에는 이기적이고 고지식한 사람이 항상 있었다.

기생충 같은, 에너지 뱀파이어 같은, 아니면 가스라이팅처럼….

결국 이런 사람들과 함께 엮이는 것은 인생에는 전혀 도움이 되지 않는다.

손절이라는 것은 착하고 소심한 사람을 만나기 위해 기생충과 함께해야 하는 것을 차단하는 것이다. 나를 희생하면서 착하고 소심한 사람을 만나야 할 이유를 찾으면 안 되는 것이다. 하나를 버리고 하나를 취할 수 없는 일이다. 그래서 **둘 다 버려야 하는 결정을 하고 실행해야 한다.**

조금 더 단단해지기 위해 조금 더 나를 보호하는 중요한 행동이다.

나에게 주고 간 그것은 씨앗

너는 나에게 사랑의 씨앗을 주었다.

한 해를 넘기지 못하고 사라진 너 때문에

겨우겨우 작은 줄기에 잎만 키운 채 나는

꽃 한 번 피워보지 못하고 사라질 운명이었다.

너 없이 어떻게 비와 눈과 더위와 추위를 견디며 살아갈

지….

그래도 꽃 한 번 피우기 위해 나는 노력했고 감내했다.

나는 결국 꽃을 피울 수 있었고,

잘하면 열매를 맺고 수확을 할 수 있을지도 모른다.

죽도록 싫고 미치도록 미웠던 너였지만
그래도 너는 나에게 씨앗을 주었다.

사람은 누구나 누군가에게 씨앗을 준다.

죽도록 싫고 미치도록 미웠던 너였지만

땀과 눈물의 경계에서

눈물이라고 다 같은 눈물이 아니야.
슬퍼서 흐르는 게 아니라,
끝까지 버티고 난 뒤에야 터지는…
그 한 방울.

그건 눈이 아니라,
마음에서 난 땀이야.

그동안 견디느라 애썼다고
고개 숙인 나에게
조용히 흘러주는 위로.

아무도 몰라.

어떤 무게를 들고 있었는지,

얼마나 오래 참고 있었는지.

하지만 당신은 알잖아,

그 눈물이 얼마나 값진지.

조용한 순간

속눈썹 위로 떨어지는 그 방울 하나.

그게 바로

당신에게만 허락된 박수야.

울어도 돼

우는 것도 멋있을 거야

그건, 당신이 끝까지 버텨낸 증거니까.

책이 액세서리가 되지 않기를

언제부턴가 책은 사람들의 손에서 가볍게 사라지고 있다.

카페 테이블 위에 무심히 올려진 책은 이제 한 권의 세계가 아니라, 사진 속 소품으로만 존재한다. 마치 인스타그램의 배경을 채우기 위한 각진 액자처럼, 책은 겉표지를 드러낸 채 고요히 놓여 있다. 책 속에 담긴 수백 페이지의 사유와 이야기는 열리지 않은 채, 표지만으로 '나는 이런 사람'이라는 메시지를 대변하는 듯 진정한 의미를 잃어가고 있다.

책은 그런 액세서리가 아니다.

책은 지성을 장식하는 껍데기가 아니라, 지성을 길러내는 씨앗이다. 그 씨앗이 나의 머릿속에서 뿌리내리고, 생각을 바꾸고, 결국 삶의 태도와 선택을 바꾸어 나간다.

껍데기를 드러내며 '읽는 사람'처럼 보이는 것보다,
묵묵히 책을 읽으며 '변화하는 사람'이 되는 것이 훨씬 더
가치 있는 일이다.

책은 보여주기 위해 존재하지 않는다.
책은 '보여주는 대상'이 아니라 '내면의 대화'이다.
한 권의 책이 가질 수 있는 힘은 생각보다 크다.
소설 한 권이 삶을 위로하기도 한다. 헤르만 헤세의 《데미
안》을 읽으며, 우리는 사춘기의 혼란을 누구나 겪는 성장의
과정으로 받아들인다. 시집 한 권이 무너진 마음을 일으켜
세우기도 한다. 김소월의 한 줄이, 윤동주의 한 구절이, 어
쩌면 의사가 건네지 못한 치유보다 더 깊이 마음을 어루만
질 때가 있다.

책은 문제 해결의 도구이기도 하다.
경영서를 읽으며 회사를 살리고, 철학서를 읽으며 방향을
잡는다. 요리책 한 권으로는 가족의 식탁에 변화를, 여행 에

세이 한 권으로는 일상의 지도를 넓힌다. 심지어 아이에게 동화책을 읽어주는 순간, 책은 단순히 이야기를 전하는 것을 넘어 부모와 아이의 정서를 잇는 다리가 된다.

그런데 우리는 이 위대한 쓰임을 놓치고 있다.

책은 단지 카페 사진 속 소품이 되어 있고, 책장을 가득 채운 '안 읽는 책들'은 집 안의 인테리어처럼 자리하고 있다. "책을 많이 사두는 사람 = 지적인 사람"이라는 착각이 자리 잡았다. 하지만 책은 사두는 것으로 나를 바꾸지 않는다. 읽고, 곱씹고, 삶에서 써먹을 때 비로소 나의 것이 된다.

책이 진짜 힘을 발휘하는 순간은 남에게 보여줄 때가 아니라, 나의 생각을 흔들고 나의 행동을 바꿀 때다. 한 권의 책이 계기가 되어 금연에 성공하기도 하고, 진로를 바꾸기도 하고, 새로운 사랑을 시작하기도 한다. 책 속 문장 하나가 내 안의 오래된 질문에 답을 주기도 한다.

우리는 한 번 쯤 생각해 보고 물어봐야 한다.

"당신에게 책은 무엇입니까? 사진 속 소품입니까, 아니면 삶을 바꾸는 열쇠입니까?"

책이 엑세서리가 되지 않기를 바란다.
책이 단순히 손에 들려 있는 장식품이 아니라, 가슴속에 남아 있는 길잡이가 되기를 바란다. 그럴 때 책은 단순한 종이가 아니라, 당신의 삶을 확장시키는 열쇠가 될 것이다.

책은 여전히 아직도 우리를 기다리고 있다.
읽어 달라고, 열어 달라고, 단 한 줄이라도 곱씹어 달라고.
그 기다림에 응답하는 순간, 책은 더 이상 장식품이 아닌, 삶을 움직이는 힘이 될 것이다.

마음이 다시 살아나는 순간들을 만나고
나는 더 단단해진 나에게로 돌아가는 중입니다.

무너져도, 힘들어도 나를 단단하게 만든 삶의 기쁨과 슬픔

마음이 다시 살아나는 순간들

초판 1쇄 발행 2026년 1월 10일

지은이 안김
편집 김지연 | 디자인 이정숙

펴낸곳 더 와이즈
출판등록 2024년 12월 11일 제2024-000137호
주소 서울시 송파구 백제고분로 23길 29, 301호
전화 02-854-8165 팩스 02-854-8166
이메일 thewise.book.press@gmail.com
네이버·인스타그램 @thewise_books

ⓒ 안김, 2025
ISBN 979-11-984647-4-3 (03800)

더 와이즈는 '더 현명하게, 더 넓은 눈으로 세상을 바라보는 사람들을 위한 책'을 만들고 있습니
다. 함께 책을 펴내고자 하는 독자 여러분의 소중한 아이디어와 원고를 기다립니다. 간단한 기획
안이나 원고를 연락처와 함께 이메일(thewise.book.press@gmail.com)로 보내주세요.